HEYNE
BÜCHER

Perry Rhodan

DESERTEUR DER USO

**Atlan in geheimer Mission –
der Lordadmiral gegen interstellare Gangster**

Ein Planetenroman von

HANS KNEIFEL

Originalausgabe

WILHELM HEYNE VERLAG
MÜNCHEN

PERRY RHODAN
Nr. 16/373

Redaktion: Klaus N. Frick

Printed in France 1994
Umschlagillustration: Alfred Kelzner, Bünde
Umschlaggestaltung: Atelier Ingrid Schütz, München
Satz: Compusatz GmbH, München
Druck und Bindung: Brodard & Taupin

ISBN: 3-453-07217-9

1.

Am 25. Dezember 2429, sieben Minuten und dreißig Sekunden vor Mitternacht, erschütterten kurze, unhörbare Vibrationen die Kugelzelle der DYSMELY. Knapp fünf Astronomische Einheiten vor der Sonne Eugaul, einem gelben Stern des Normaltyps, glitt der Kreuzer in die dreidimensionale Bezugswelt des Weltalls zurück. Vor der gewaltigen sternflimmernden Kulisse erschienen eine Sonne, acht Planeten und einige Monde in der Darstellung des Ortungsrechners wie eine Handvoll farbiger Murmeln.

Kommandantin Benaya Kluzmopod lehnte sich aufatmend zurück und sagte halblaut: »Du weißt natürlich nicht, Spezialist Osger, was heute für ein Tag ist. Oder doch?«

»Was uns betrifft: ein gewöhnlicher Arbeitstag für jedermann.« Der Ertruser aktivierte mit schnellen Fingern das Bremsprogramm und rief die Koordinaten der Ortungsschirme ab. »Weißt du's etwa besser?«

»Ja. Vor 1629 Jahren hat man Carolus Magnus gekrönt; Karl der Große, einer von Atlans problematischen Freunden, um 800 nach der Zeitenwende.«

»Überaus aufschlußreich.« Der Pilot wählte mürrisch aus den Ortungsechos der Planeten das Ziel des Kugelraumers aus. »Ist es wichtig für unsere Mission?«

»Nicht im geringsten, Osger. Viel wichtiger ist vermutlich dieser aufgeregt blinkende Winzling, Sektor gelb, auf dem Ortungsmonitor.«

Die Kommandantin zog einen Regler. Das winzige Echo wurde vergrößert. Die letzte Stunde des Fluges von Quinto-Center zum Eugaul-System, in direkter Linie 8221 Lichtjahre von Sol und Terra entfernt, verlief höchstwahrscheinlich ebenso ereignislos wie die Stunden nach dem Start. Die DYSMELY änderte geringfügig die Einflugrichtung ins System und nahm Kurs auf den dritten Planeten.

»Ein Schiff«, meldete der Spezialist irritiert aus der Ortungszentrale. »Liegt auf Kollisionskurs zu uns. Und knallt in drei Stunden auf den sechsten Planeten.«

Benaya und der Pilot wechselten einen langen Blick. Die Funkzentrale schaltete sich in die Kommandozentrale; der Wachhabende rief die Zentrale Raumüberwachung auf Plophos, dem dritten Planeten des Systems, an. Sekunden nach der Identifikation zeigte sich auf mehreren Bildschirmen der Oberkörper des plophosischen Dienststellenleiters.

»Hier Tower New Taylor. Ich bin Termes Muuroy, Verantwortlicher der Frühschicht. Wir haben das Objekt geortet und versuchen erfolglos, Verbindung zu bekommen.«

»Wir sind natürlich ausgewichen«, sagte die Kommandantin. »Das ändert nichts am Kollisionskurs zum sechsten Planeten.«

Die Besatzung der DYSMELY-Funkzentrale funkte seit Minuten auf sämtlichen gebräuchlichen Frequenzen das fremde Schiff an. Gerade, als Benaya Kluzmopod wieder die Ortungszentrale rufen wollte, meldete Muuroy aufgeregt:

»Das Schiff antwortet tatsächlich nicht. Frage an Kommandant der DYSMELY: Wollen Sie uns helfen? Vielleicht sind bei denen sämtliche Systeme ausgefallen.«

»Kommandantin Kluzmopod.« Benaya hob die Hand. »Schicken Sie Verstärkung, wenn wir Probleme haben?«

»Zwei Rettungsschiffe werden gerade startbereit gemacht. Bitte bleiben Sie mit uns in Verbindung, Kommandantin!«

»Verstanden.«

Der ertrusische Pilot nickte und beschleunigte den Kreuzer. Obwohl Plophos, derzeit einer der besten und treuesten Verbündeten Terras und des Imperiums, nicht zu den USO-Problemwelten zählte, blieb die DYSMELY samt Besatzung und Ladung als Geschäftsflug getarnt; die Laderäume waren voller Spezialmaschinen und Ersatzteile. Benaya beugte sich vor, drückte den Interkomschalter und sagte:

»Kommandantin an Besatzung. Wir haben das Programm geändert und landen, nachdem wir uns dieses schweigsame Schiff angesehen haben. Wahrscheinlich haben sie Ärger mit ihren Funkgeräten, was mich wundern würde; kann sein, daß wir schnell in Alarmbereitschaft gehen müssen.«

»Verstanden, Zentrale.«

Das unbekannte Raumschiff raste aus dem Weltraum schräg auf die Ekliptik des Systems zu. Der kleine Kreuzer schoß quer über die Bahnen dreier Planeten und glich nach der Bremsverzögerung und einer 160-Grad-Kurve die Geschwindigkeit an. Der Ertruser schaltete die Optiken auf die Internkommunikatoren und pfiff alarmiert.

»An der fehlenden Energie kann's nicht liegen.« Sein Sichelkamm sträubte sich. »Festbeleuchtung!«

Der Kreuzer driftete näher. Der große Kugelraumer, ein 600-Meter-Schiff, drehte sich langsam. Als die Rundung über und unter dem Triebwerkswulst ins Sonnenlicht geriet, lasen die Besatzungsmitglieder einen riesigen Buchstaben nach dem anderen: WENCEL VON TRONCA. Diesmal pfiff die Kommandantin schneidend durch die Zähne.

»Die TRONCA ist ein Passagierschiff. Sie fliegt seit einigen Jahren als Kreuzfahrer, nur für gut zahlende Passagiere.«

Der Ertruser steuerte den Kreuzer in wenigen hundert Metern Entfernung um das Passagierschiff herum. Fast alle Landescheinwerfer waren eingeschaltet, einige Luken und Schleusen standen spaltenbreit offen.

»Da ist etwas faul, Freunde. Also dann ... Alarm!«

Die Kommandantin schob eine durchsichtige Platte von einem rot glimmenden Schalter zurück und preßte die Kontaktplatte. Der Summer dröhnte durch sämtliche Räume des Kreuzers. Geschützmannschaften hasteten an die Pulte; einige Suchscheinwerfer der DYSMELY zeichneten kreideweiße Kreise auf die silberfarbenen Wandungen des Passagierraumers. Osger brummte:

»Niemand funkt, niemand antwortet, dazu offene Luken – das bedeutet nichts Gutes. Kollegin, wenn wir uns an die Erfahrungen unserer Ausbildung erinnern.«

»Ein hochmodernes Schiff! Bestgeschulte Crew! Funkerin: Verständigen Sie den Tower von Plophos. Schildern Sie denen, was wir unternehmen.«

»Verstanden, Kommandantin. Sofort!«

Leise kommentierte die Funkerin die folgenden Aktionen und erläuterte, was die Objektive der Naherfassung zeigten.

Der Alarm riß die Spezialisten Ram Shalper und Bryll Lonforth von den Liegen. Sie rannten in den Bereitschaftsraum und ließen sich in Raumanzüge helfen. Mit ihren Helfern enterten sie die Schleuse oberhalb des Triebwerkswulstes. Waffen, Handscheinwerfer und Magnettrommeln dünner Spezialtaue wurden hektisch kontrolliert, während der Ertruser weiterhin die Hülle des Passagierschiffes nach irgendwelchen Zeichen absuchte, die ihnen sagen konnten, was im Inneren der TRONCA zu erwarten war. Der Ertruser fragte leise, aber scharf:

»Wo sollen wir eindringen, Benaya?«

Die Kommandantin hob die Schultern, ohne die Bildschirme der Panoramagalerie aus den Augen zu lassen.

»Versuchen wir es mit einer Schleuse oder Luke in der Höhe der Kommandozentrale.«

»Knapp über dem Ringwulst.« Der Ertruser bewegte hastig die Finger über die Steuerung. »Geht in Ordnung.«

Die DYSMELY glitt fast ohne Fahrt, Meter um Meter, von der unteren Polschleuse her, an der Außenwand des Passagierraumers aufwärts und kam in der Höhe des weit ausgebuchteten Wulstes vorläufig zum Stillstand. Noch langsamer wurde sie halb herumgedreht, bis der Laderaum auf gleicher Höhe mit einer Schleuse war, deren äußere Metallplatte drei Handbreit weit aufklaffte. Benaya steuerte die Linsen aus und schüttelte den Kopf.

»Keine sichtbaren Zeichen irgendeiner Gewaltanwendung. Keine Energieeinschüsse. Nur diese Schleusenbeleuchtung.« Sie berührte eine andere Kontaktplatte. »Ram, Bryll! Wie weit seid ihr?«

»Fertig zum Ausstieg.«

»Sichert euch und riskiert nichts. Ständige Rückmeldung.«

»Geht klar.«

Die Helfer räumten den Laderaum. Zwei Scheinwerferpaare strahlten die Schleusenöffnung und den Umkreis des Rahmens an. Die Luke des Laderaumes glitt auf. Shalper und Longforth klinkten die Karabinerhaken der Sicherungsseile ein, peilten ihr Ziel an und stießen sich ab. Sie schwebten, ohne die winzigen Aggregate einsetzen zu müssen, etwa 170 Meter weit und überschlugen sich zweimal, ehe sie die Griffe in den Aussparungen neben der Schleuse fassen konnten. Die völlige Lautlosigkeit aller Vorgänge erfüllte die Szene mit zusätzlicher Gefahr. Nur die leise, disziplinierte Stimme der Funkerin war in der Zentrale zu hören.

»Schleuse erreicht. Leer«, meldete Shalper über Helmfunk. »Keine Probleme bisher.«

Er zog die Waffe aus dem paramagnetischen Halfter und schwang sich bis zum Spalt. Die Schleusenkammerbeleuchtung strahlte bernsteingelb. Lonforth hielt sich fest, hakte einen Fuß um den Griff und klappte den Schutzdeckel über den Schaltern hoch. Lautlos schwenkte die Schleusenpforte zurück.

»Leer, wie gesagt. Nichts zu sehen. Ich wechsle ins künstliche Schwerefeld über.«

Beide Spezialisten schwangen sich ins Schleuseninnere. Die Gravitation zog ihre Sohlen auf den Belag der etwa sechs Quadratmeter großen, fast würfelförmigen Kammer. Lonforth drehte sich herum, hob den Arm und gab durch:

»Die Anzeigen funktionieren. Im Schiff arbeitet die Luftzirkulation. Wir werden die Schleuse schließen müssen. Was ordnen Sie an, Kommandantin?«

»Betreten Sie das Schiff. Einzeln. Bei Gefahr sofort zurückziehen. Sie warten, Bryll, bis Ram in Sicherheit ist.«

»Verstanden.«

Langsam und lautlos schloß sich die Schleuse. Aus den Lautsprechern der Zentrale waren die Geräusche des Luftausgleiches zu hören: Fauchen und Zischen, von den Außenmikrophonen übertragen. Dann unterschieden sie weitere Geräusche, die klar zu deuten waren: Die innere Schleusentür öffnete sich, Raumanzüge klirrten gegen Metall, Waffensicherungen klickten, und schließlich bauten sich die Bilder der Helmkameras auf, deren Impulse über die Fasern des Sicherungskabels zum Minikom übertragen wurden.

Ram Shalper ging aus der Schleuse in einen Schiffs-Ringkorridor hinein, von dem nur die Strecken bis zu den Krümmungen zu sehen waren. Die selbstleuchtende Decke verströmte gelbes Licht, das auf kostbare Bilder und künstlerische Wandmalereien fiel: Pferde, Einhörner und Karossen. Brummig fragte Ram:

»Nach links oder rechts?«

»Auf schnellstem Weg in die Kommandozentrale. Auf der TRONCA nennt sie sich wahrscheinlich ›Brücke‹.«

»Verstanden.«

»Wie ist die Atemluft?«

Gleichzeitig hatten beide Spezialisten auf die Skalen der Indikatoren geblickt. Die Anzeigen wiesen die Luft der TRONCA als unbedenklich aus. Bryll Lonforth hob das blinkende Armbandkombigerät dicht vor die Sichtplatte des Raumanzugs und meldete:

»Die Luft ist ausgezeichnet und kühl, auch der Feuchtigkeitsgehalt bewegt sich innerhalb der Norm. Aber da blinken zwei rote Linien. Kein Gas; es handelt sich um staubförmige Fremdstoffe mit sehr starken Ausdünstungen. Zuviel Geruchsverbesserer oder...«

»... oder Gift«, vermutete Shalper. »Wir versuchen zur Brücke vorzudringen.«

»Die Hilfsschiffe von Plophos sind im Anflug«, sagte die Kommandantin. »Geht kein Risiko ein, ihr zwei Helden!«

»Schon gut.«

Ein Teil der Besatzung des Kreuzers hatte sich in der Kommandozentrale versammelt, blickte in konzentriertem Schweigen auf die Monitoren und hörte den Kommentar der Spezialisten. Der gespenstisch leere Ringkorridor verlief entlang der Kabinen der Innenwandung bis zu einer Abzweigung, die ins Zentrum der Kugel führte.

Im Schiff herrschte Todesstille. Die Spezialisten verzichteten darauf, Schotte und Türen zu öffnen und beschleunigten ihre Schritte. Sie gingen eine breite Schrägfläche aufwärts; sanft blinkende Lettern und Pfeile an den hochglanzlackierten Wänden deuteten in unterschiedliche Richtungen.

Als die Raumhelme, die Köpfe, die Helmscheinwerfer und die Optiken sich über den Rand der Verteilerplattform hoben, zeigten sich, zunächst schwer auseinanderzuhalten, bewegungslose Körper auf dem wertvollen Teppichbelag.

Ram und Bryll hoben die Waffen und gingen weiter. Am Rand der Kreisfläche blieben sie stehen. Leise sagte Bryll:

»Niemand rührt sich. Sie scheinen tot zu sein. Die Leute draußen scheinen Passagiere gewesen zu sein.«

»In Festkleidung.« Die Kommandantin stöhnte auf. »Verstanden. Macht vorsichtig weiter!«

Etwa zwei Dutzend Frauen und Männer lagen reglos da, die zusammengekrümmten Körper teilweise übereinander. Es schien ein Kampf ohne Waffen stattgefunden zu haben. An einigen Stellen waren eingetrocknete Blutspuren zu erkennen. Als ob die Passagiere das Licht der selbstleuchtenden Decke nicht ertragen hätten können, waren alle Gesichter von Armen, Händen oder Kleidungsstücken bedeckt, oder die Sterbenden hatten sie tief in die Teppichfasern gedrückt.

Ram und Bryll drehten vorsichtig drei Körper herum. Die Totenstarre hatte sich bereits wieder gelöst, die Gliedmaßen schienen übertrieben schlaff und schwer. Aus weit aufgerissenen Augen starrten eine bildschöne Frau und zwei ältere Männer zur Decke. An Unterarmen, Handrücken, Hälsen und Wangen waren Kratzspuren zu sehen, von dünnen Linien trockenen Blutes bedeckt. Die Kleidung war stellenweise blutig und zerrissen. Die Spezialisten vermißten Schmuck und Ringe, die bei jener Art Passagiere zur Mittags- oder Abendgarderobe gehörten. Anspannung und Mißtrauen nahmen um einen Faktor zu.

»Gift«, tönte Lonforth mit hohler Stimme. »Rauschgift vermutlich. Durch die Umwälz- und Klimaanlage überall verteilt. Mein Gott – ein Totenschiff, Kommandantin!«

Benaya Kluzmopod atmete schwer und flüsterte:

»Damit müssen wir rechnen. Laßt die Toten liegen und seht in der Zentrale nach. Wir müssen die TRONCA schnellstens vom Kollisionskurs wegsteuern.«

»Ist klar, Benaya. Verstanden.«

Die Spezialisten legten weitere 150 Schritte in Richtung Schiffsmittelpunkt zurück. Die Schotte der meisten Binnenkabinen waren halb geöffnet. Ungehindert gingen die Blicke in leere und unaufgeräumte Wohnräume, luxuriöse Bars und

Speisesäle, in kleine Spielsalons und totenstille Aufenthaltsräume.

Das Verhängnis war augenscheinlich plötzlich und keineswegs voraussehbar über das Schiff gekommen: Die meisten Menschen lagen neben den Stühlen, Barhockern und Sesseln, auf den Tischen standen Geschirr und teilweise gefüllte Gläser, vertrocknete Speisen und heruntergebrannte Kerzen. Umgestürzte Stühle und Tischchen zeigten, daß auch hier seltsame Kämpfe stattgefunden haben mußten; es schien, als hätten sich die Passagiere gegenseitig festgehalten oder helfen wollen. Obwohl Messer und Gabeln auf den Tischen lagen, hatte aber niemand Besteckteile als Waffen benutzt. Die Gesichter der Toten wirkten leer und eingefallen.

Hinter einem geschlossenen Sicherheitsschott, dessen Mechanismus summend funktionierte, führte eine schmale, teppichbelegte Treppe auf einen kreisrunden Gang. Druckschotts auf der linken Seite boten Zugang zur Zentrale. Voller Argwohn gingen die Spezialisten auf den nächsten Eingang zu. Die schußbereiten Waffen empfanden sie angesichts des hundertfachen Todes ringsum irgendwie als lächerlich. Das Schott ließ sich ohne Widerstand öffnen, die Spezialisten sahen sich um.

»Sie sind alle tot!« zeigte sich Ram Shalper erschüttert. »Siebzehn Frauen und Männer der Crew. Mitten in der Arbeit.«

Sämtliche Bildschirme der Panoramagalerie arbeiteten und lieferten gestochen scharfe Bilder: Die DYSMELY schwebte neben dem Passagierraumer; der Stern Eugaul, dessen Licht so stark gefiltert wurde, daß er als Scheibe zu sehen war, stand auf der gegenüberliegenden Seite; ein Planet hob sich aus der Schwärze des Alls. Sämtliche Offiziere, Kommandant, Funker und Astrogator, saßen, meist angeschnallt, in ihren Kontursitzen, die Hände an den Reglern und Griffen. Nur die Haltung des Ersten Offiziers ließ erkennen, daß er sich unmittelbar vor seinem Tod noch blitzschnell bewegt hatte. Seine Hand lag um den Zentralschalter neben dem Hauptsteuerpult.

»Antrieb und Steuerung sind abgeschaltet«, murmelte Shalper. »Sie sehen, Benaya, was hier passiert ist.«

»Hören Sie«, sagte die Kommandantin. »Eine Crew ist von Plophos unterwegs. Sie wird das Schiff übernehmen und auf dem Planeten landen. Tragt den Piloten aus dem Sitz und öffnet ein paar Luken oder Beiboothangars. Die erste gründliche Untersuchung findet erst auf dem Raumhafen statt.«

»Geht in Ordnung.«

Wortlos machten sie sich an die Arbeit. Sie schleppten sieben Männer aus den Sitzen hinaus in die Offiziersmesse, rasteten den Hauptschalter ein und kontrollierten die Schaltungen. Zunächst aktivierte Shalper die Zusatzfilter der Umwälzanlage, setzte die Umlaufgeschwindigkeit herauf und nahm mit aller Vorsicht eine vorläufige Kursänderung vor. Die Echos auf den Ortungsmonitoren verschoben sich; die Gefahr eines Absturzes oder einer Kollision war vorüber. Die Scheinwerfer erloschen, zwei Hangartore glitten auf, offene Außenschleusen schlossen sich rund ums Schiff.

Bryll Lonforth hockte vor einem Computerterminal und suchte in den Dateienverzeichnissen nach den Listen der Crew und der Passagiere. Ram kontrollierte über die Interkomanlage die wichtigsten Räume der TRONCA, warf ab und zu einen Blick auf die Monitoren der Naherfassung und bemühte sich, nicht zu oft in aufgerissene Augen und starre Gesichter zu blicken.

»Überall die gleichen Bilder«, meldete er halblaut und heiser. »Ich finde keine Stelle, an der jemand hätte überleben können. Wo stecken die Hilfstrupps?«

»Zwei Beiboote legen gerade an.« Die Kommandantin senkte die Stimme. «Bryll! Versuch, die wichtigsten Listen ausdrucken zu lassen. Möglicherweise sind einige Passagiere für uns nicht unwichtig.«

»Bin schon dabei, Benaya.«

Ein Kontrollmonitor schrieb kurze Auskünfte und Charakteristika zu denjenigen Räumen, in die sich der Spezialist schaltete. Plötzlich zuckte er zusammen und hielt die Suche an. Er richtete die Objektive auf das Monitorbild und flüsterte:

»Der Schiffssafe, eine raumgroße Anlage... sperrangelweit offen. Und leer, wenn ich richtig sehe.«

»Wir sehen es. Bis die Teams bei euch sind, Bryll: Vielleicht kannst du uns aus den Speichern das Verzeichnis des Safe-Inhaltes besorgen. Sollte nicht unmöglich sein. Schnell!«

»Wenn's der Computer hergibt...«

Der Spezialist zog nach einigen Versuchen die schweren Handschuhe aus und konnte so die Tastatur schneller bedienen. Das Entsetzen, das die Toten, die Stille und jeder Gedanke an ein Verbrechen dieses Ausmaßes verursachten, versuchte er zu verdrängen; der Schock würde ihn an Bord der DYSMELY einholen. Summend schoben sich aus dem schmalen Spalt engbedruckte Folien. Signale flackerten: Zwei kleine Schiffe waren in die Hangars eingeflogen und schleusten die Rettungsmannschaften aus. Lonforth arbeitete sechs Minuten lang weiter, in größter Schnelligkeit, nickte und faltete die Folien zusammen. Die Schriftreihen verblaßten auf dem Bildschirm.

»Fertig. Keine Ahnung, was ich da ausgedruckt habe.«

Ram Shalper öffnete die Schotts der Zentrale. Eine Gruppe von etwa zwanzig Raumfahrern kam herein. Ihre Raumanzüge trugen die Farben und Markierungen einer plophosischen Hilfsorganisation. Ram hob den Arm und sagte laut:

»Fein, daß ihr so schnell gekommen seid. Wir sind einigermaßen überfordert. Schließlich haben wir keine Erfahrung... habt ihr euch schon umgesehen? Tausend Tote. Oder mehr.«

Der Anführer stellte sich vor und formulierte seine Antwort vorsichtig. Er und sein Team hatten die Toten gesehen.

»Das ist eine furchtbare Tragödie. Man hat uns während des Fluges informiert. Die WENCEL VON TRONCA wollte unsere sieben unbewohnten Planeten überfliegen und fünf Tage Station auf Plophos machen. Laßt uns an die Pulte – wir sprechen später über alles. Noch etwas: Landet auf Punkt einundsechzig. Wir bringen die TRONCA auf sechzig hinunter.«

»Geht in Ordnung, Chef. Wir hangeln uns an den Sicherheitsleinen zurück. Macht euren Job gut, ja?«

»Verlaß dich drauf, Raumfahrer.«

Schweigend und schnell gingen Shalper und Lonforth den Weg, den sie gekommen waren, zurück und klinkten sich ins Seil ein. Noch während sie in der Schleuse des Kreuzers standen, entfernte sich die DYSMELY mit einer Reihe kurzer Stöße aus den Richtungstriebwerken vom mächtigen Körper der TRONCA. Als die Spezialisten die Kommandozentrale betraten, sogen Benaya und Osger Didiar die Luft prüfend durch die Nase.

»Ich hab' diesen Geruch schon mal gezielt wahrgenommen«, brummte der Ertruser aufgeregt. »Laßt mich nachdenken. Es ist... Starwynd. Ein teuflisches Rauschgift.«

Die Spezialisten zogen die Raumanzüge aus. Jetzt rochen sie selbst das eigenartig süßlich-moschusartige Aroma, das sich rasch in der Luft verflüchtigte. Die Kommandantin bat:

»Erklär uns, was du von dem Zeug weißt.«

Sie sah in den Gesichtern der beiden Männer das Grauen. Bryll zog die Folien aus der Schienbeintasche und legte sie vor Benaya Kluzmopod aufs Pult. Während der Ertruser in unerschütterlicher Schnelligkeit den Kreuzer von der TRONCA wegsteuerte, Fahrt aufnahm und das Ziel programmierte, las die Kommandantin in den Folien, hob langsam den Kopf und sagte:

»531 Crewmitglieder. 1190 Passagiere. Fünf Dutzend Schoßtiere.«

Ram senkte den Blick und starrte die Stiefelspitzen an. Er schüttelte sich, atmete tief ein und aus und murmelte:

»1721 Tote.«

In Flugrichtung schob sich Plophos als halbe Scheibe aus der Dunkelheit. Der Pilot begann aufzuzählen:

»Zum erstenmal hab' ich auf Lepso von dem Zeug erfahren. Starwynd, ein Pulver von ultrafeiner Körnung, wirkt in mehreren Stufen, je nach Konzentration oder Verdünnung. Wenn man es rein einatmet, tötet es innerhalb von Sekunden; vorher verliert man die Besinnung. Je dünner es wird, desto länger dauert das Sterben. Die Vergifteten spüren starken Juckreiz, dann körperliche Schwäche, schließlich wird das vegetative Nervensystem gelähmt: Herzstillstand und Hirntod. Zwischen dem ersten Kontakt und der letzten Bewußtlosigkeit scheinen die Vergifteten seltsame, aufregende und fantastische Bilder wahrzunehmen. Es gibt nur wenige Versuche mit Spuren dieser Substanz in der Atemluft. Keine Testperson würde es nämlich überleben.«

Bryll Lonforth schloß die Augen und unterdrückte die Panik. Noch immer hing ein schwacher Geruch in der Luft.

»Höchstwahrscheinlich wurde die TRONCA ausgeraubt. Das würde bedeuten, daß das Gift nahe der Zentrale in der Umluftanlage versteckt war, denn die Crew starb zuerst.«

»Es kann, wenn man es geschickt verpackt, in der Werft eingebaut werden und jahrelang unentdeckt bleiben«, erläuterte der Ertruser. Aus der Scheibe war eine Kugel geworden, mit einer hellen und einer dunklen Hemisphäre und zwei weißen Polkappen unter den Wolkenwirbeln. »Ein Funkbefehl sprengt die Verpackung auf. Noch etwas: Starwynd hält sich nicht lange, nach drei Jahren ist es zerfallen und so harmlos wie Mehl.«

»Das Gift in der TRONCA war jünger als tausend Tage.« Die Kommandantin drehte den Sessel und musterte die Gesichter ihrer Crew. »Im Safe waren Bargeld und nicht wenige Barren Edelmetalle, vier unbezahlbare wertvolle Bilder, eine Kollektion Geschmeide und viel privater Besitz der Passagiere. Ob es ein Fall für die USO wird, weiß ich noch nicht – aber die WENCEL VON TRONCA wurde, lange vorausgeplant, von Piraten überfallen und ausgeraubt. Bis wir auf Tahun landen, wissen wir mehr. Die USO hat die Listen der Crew, der Opfer und der wichtigsten Beutegegenstände. Auf Plophos halten wir unsere Tarnung aufrecht, klar?«

»Völlig klar. Gehört zu unserer Mission.«

Die Kommandantin bat um Landeerlaubnis, berichtete von der Anweisung, auf einem bestimmten Platz zu landen, und wurde eingewiesen. Eine Stunde später entluden Traktorstrahlen und Roboter Teile der Ladung. Die Kisten und Container waren für eine Entwicklungsgesellschaft im Osten des Kontinents bestimmt, die Ingenieure und Mechaniker der Crew mußten die Teile einbauen und deren Funktionen testen. Die Gesellschaft und die angeschlossenen Freizeitzentren waren USO-Profit-Unternehmen.

Aus: Meeca Netreok:
»Zahlen, Zenturien, Ziele und Zeugnisse – *aus der Arbeit des USO Historischen Korps, Sonderdruck, Pounder-City, Mars, 2429 Standardzeit*

»In diesen dreißig Jahren zeigte sich, daß Lordadmiral Atlan stets die richtige Spur aufnahm: Aus Ereignissen, die ihn persönlich betrafen, entwickelten sich in kurzer Zeit dramatische Bedrohungen der Menschheit, des Imperiums, des freiwilligen Bundes vieler Planeten, dessen Bewohner nichts anderes wollten und wollen, als in Frieden zu leben. (Zitat Atlan von Gonozal: ›Seit dem Urknall des Universums scheint tatsächlich jede Winzigkeit mit allen anderen Winzigkeiten zusammenzuhängen, und das über unsere Galaxis hinaus!‹)

Aufgrund delikater Hinweise stieß die USO auf die Condos Vasac und besiegte deren militärischen Zweig. Aus einem Fall von Sklavenhandel entwickelte sich ein Imperium der Schrecklichkeiten, das wir befriedeten und unter unsere Fittiche nahmen. Eine starke Gruppe der unheimlichen, wenig bekannten Vecorat (Individualverformer) konnte nur entdeckt werden, weil nach einem von vielen Mordanschlägen Atlans enge Freunde ihn mit neuer Problematik konfrontierten (die Argyris-Sippe, Lovely Boscyk, Planet Nameless). Bisher existieren keine Hinweise darauf, daß die Condos Vasac endgültig bis ins letzte Glied ausgerottet und alle IV-Vecorat erfolgreich zurückgeschlagen wurden ...« Kommandantin Benaya Kluzmopod beugte sich weit vor, drehte das Glas in den schlanken Fingern und blickte ihrem Gegenüber tief in die Augen.

»Wir haben alle Informationen, die der plophosischen Polizei, der Solaren Abwehr und uns zugänglich waren, pflichtgemäß in vollem Umfang augenblicklich weitergegeben. Meine Frage: Findet sich das Imperium mit der Existenz von Piraten, Buccaneers oder Flibustiers tatenlos ab?«

Actur Shodjaria, Leiter der Entwicklungsgesellschaft, ein grauhaariger USO-Spezialist, schüttelte nachdrücklich den Kopf.

»Nein! Hektischer Aktionismus verbietet sich – erfahrungsgemäß. Alles ist in Quinto-Center bekannt. Sie, Beny, wissen es ebenso gut wie ich: Die Organisation hat alle Kanäle aktiviert. In jedem USO-Stützpunkt weiß man, worauf zu achten ist. Glauben Sie, daß ein Verkauf dieser Bilder unbemerkt bleibt?«

Benaya blickte über den Hang zum See, wo lautlose Boote und Scooter über dem Licht der Unterwasserscheinwerfer gischtende Spuren zogen. Sie erinnerte sich: *Pol Samsons: Geheime Fahrten Hatschepsuts nach dem Weihrauchland; Vicente Carduccio: Odysseus' Pferd vor Troja; Jan Vermeer van Delfts; La Collectioneuse II; Leonardo Darc Megahertz: Die Raumfahrer* – vier interstellar bekannte, unersetzliche Bilder terranischer Künstler, die wichtigsten Terra-Leihgaben, Exponate für die Imperiums-Aussteller auf Plophos.

»Denken Sie, daß sie offen auf dem Markt angeboten werden?« Benaya hob die Schultern. Der leuchtende Wassergolfball beschrieb einen hohen Bogen durch die Luft.

»Auf Lepso sind solche Geschäfte an der Tagesordnung. Kann sein, daß sie im Keller von Sammlern oder Kunstfreaks enden. Aber es wird sich eine Spur zeigen, und wenn sie nur so dünn wie ein Spinnenfaden ist.«

»Hoffentlich, Actur.« Kommandantin Kluzmopod wußte aus eigener Erfahrung, daß über jedes getötete Crewmitglied und jedes Opfer Erkundigungen eingezogen wurden. Von hundert geraubten Gegenständen konnten meist neunzig beschrieben werden. Diese Beschreibungen gingen an alle Stellen, die irgendwann damit etwas zu tun haben konnten: langwierige Routine der Ermittlungsarbeit. Die Partner und Verwandten der elfhundertneunzig getöteten Passagiere halfen den Behörden.

Die Kommandantin sah auf die Uhr. Noch zwanzig Stunden bis zum Start nach Tahun, dem Mediziner-Planeten. »Es wird lange dauern, bis wir wirklich eine Spur zu den Piraten haben.«

»Oder zu den Flibustern, oder wie immer sie sich nennen.«

Benaya leerte das Glas und winkte ihrer Mannschaft, die den Tag auf den Sportanlagen verbracht hatte und sich langsam auf der Hotelterrasse sammelte. Sie waren startbereit.

»Ein einzelnes Piratenschiff bringt die USO nicht ins Trudeln«, sagte sie. »Erfahrungsgemäß stoßen wir wieder auf eine kosmische Verschwörung in gefährlicher Größenordnung.«

Actur füllte die Gläser. Sein Blick richtete sich in unbestimmte Ferne, als er murmelte:

»Ich bin fast davon überzeugt. Da steckt mehr dahinter als ein klarer Fall von Piraterie. Selbst wenn: Ab heute müssen Kreuzfahrerschiffe und andere, die wertvolle Ladung transportieren, einen weiteren Angriff dieser Art fürchten. Auf Plophos, beispielsweise, werden ab sofort die Luftumwälz- und Filtersysteme aller planeteneigenen Schiffe mit gewaltigem Aufwand kontrolliert.«

»Ich werde auf dem Flug nach Tahun die Konstruktionsunterlagen unserer kleinen DYSMELY genauestens studieren.« Benaya Kluzmopod stand auf und drückte Acturs Hand. »Vergessen Sie nicht, die Aufzeichnungen aus den Computern der TRONCA zu besorgen und Atlan zuzuspielen.«

»Die Datenbeschaffungs-Aktion läuft schon, Kollegin!«

Der schwere Luftgleiter der Entwicklungsgesellschaft hielt am unteren Ende der Treppe. Die Crew schichtete die Ausrüstung auf die Ladefläche; der Flug zum Raumhafen dauerte zwei Stunden. Osger Didiar war als Wache an Bord geblieben, desaktivierte den Schutzschirm der Polschleuse und schaltete den Kreuzer in Startbereitschaft.

Benaya stieg als letzte auf die Rampe, drehte sich um und schaute zur riesigen WENCEL VON TRONCA hinauf. Sämtliche Schleusen und Luken, grell ausgeleuchtet, standen offen. Polizeigleiter umschwirrten das Totenschiff. Noch immer transportierten Traktorstrahlen Särge zu Boden.

Benaya spürte undeutliche Angst vor der nahen Zukunft: Eine organisierte Verbrechergruppe, die kaltblütig in solchen Größenordnungen mordete, war zu allem fähig. Sie schüttelte sich, versuchte die eisige Kälte zwischen den Schulterblättern zu unterdrücken und ging ins Schiff. Kurz darauf startete die DYSMELY zum langen Flug nach Tahun.

Das Licht Tahs überschüttete die weißen Gebäudefronten mit rötlichem Schimmer. Osger Didiar, Benaya und der Chef der Xenobiologischen Fakultät, ein hochaufgeschossener Neuarkonide, verließen den Pfad und blieben im Schatten einer riesigen Rauchzeder stehen.

»Waren Sie nicht bei diesem Einsatz dabei: vor achtzehn Jahren, auf Planchet? Wo diese Vecorat-Individualverformer gejagt und gefaßt wurden?«

»Erinnern Sie mich nicht an mein Alter, Rathar. Ich war sogar dabei, als die Insektenwesen aus dem Polizeigewahrsam geholt und hierher gebracht wurden.«

»Sie können sich also noch an die sieben fremden Körper mit dem menschlichen Ego erinnern?«

»Ziemlich genau.«

Rathar deutete auf eine Glashalle und brummte:

»Kommen Sie. Sie werden staunen.«

Benayas Erinnerung arbeitete vorzüglich: Noch immer waren viele USO-Mitarbeiter, an ihrer Spitze Lordadmiral Atlan, von einer vorläufig unaufdeckbaren Verschwörung überzeugt. In der Maske und in den Körpern von Menschen hatten sieben Vecorat-Bewußtseine überlebt; sie waren spurlos verschwunden. Die USO-Wissenschaftler schienen auf Tahun überraschende Feststellungen gemacht zu haben. Langsam näherten sich die drei Spezialisten dem funkelnden Glasbauwerk.

»Die insektoiden Körper ruhten jetzt mehr als ein Jahrzehnt in einer Spezialatmosphäre«, erläuterte Rathar. »Feuchtigkeitsgesättigt und voller Gase, von denen wir hofften, daß sie lebenserhaltend wirken. Darüber hinaus spielten wir Schall aller Art – Worte und Musik – sowie TV-Programme in den Sichtbereich ein. Wir waren der Ansicht, daß die menschlichen Egos gelähmt, aber passiv aufnahmefähig waren.«

»Und – veränderte sich irgend etwas?«

»Die Haut veränderte sich. Unendlich langsam wurde aus dem Körper eine Puppe, eine Art harter, dünner Kokon.«

»Bedeutet das«, sagte der Ertruser, »daß das menschliche Bewußtsein etwa die Insektenkörper zwang, sich zu verändern und zu verpuppen?«

»Und aus dem Kokon zu schlüpfen. Wir haben viele gute Gründe zu der Annahme.«

Das riesige Gebäude beherbergte einen künstlichen, lichten Regenwald-Dschungel. Zwischen den Gewächsen, zum Teil nach Tahun umgepflanzt, summten Insekten aller Art, Größen und Farben. Blüten, Blumen und kopfgroße Orchideen wucherten an den Stämmen und an sanft schaukelnden Schmarotzerlianen. Auf einem mächtigen Ast, schräg über den Köpfen der Besucher, entfaltete ein Schmetterling seine Flügel und wandte Benaya den Kopf zu. Der Saugrüssel rollte sich spiralig zusammen.

»Das ist... sind die Vecorat?« flüsterte die Kommandantin.

»Einer von ihnen. Dort hinten sind zwei andere.« Der Wissenschaftler zeigte auf den geöffneten Teil des Daches. »Vier Planchet-Vecorah gaukeln irgendwo über Tahuns Wälder.«

Benaya betrachtete das ›Gesicht‹ des Lepidopterus, die langen Antennenfühler, den Saugrüssel und die kleinen Facettenaugen. Der Gesamtausdruck war, trotz aller Insektenmerkmale, tatsächlich menschenartig, auch in entsprechend sparsamer Mimik. Ständig wechselten Bilder auf den Flügeln, deren zart schuppige Oberfläche meisterhafte Malereien zeigte, ähnlich geformt wie die Schwingen eines Aurora- oder eines Atlasfalters.

»Mit den Fühlern senden sie Signale, die wir noch nicht entschlüsseln konnten. Sie tippen auf leichtgängige Tasten und setzen Wörter und Sätze zusammen.« Der Arkonide war geradezu begeistert. Er hatte die wissenschaftliche Herausforderung voll angenommen. »Die Verständigung ist ein wenig mühsam, aber unser Ziel ist klar definiert.«

Fasziniert starrten Benaya und Osger das sechsbeinige Wesen an. Muster und Farben auf den Flügeln wechselten in unergründlichem Rhythmus. Die Antennen spielten aufgeregt.

»Das Ziel?« Benaya hob die Schultern. »Die Heimatwelten der Individualverformer, nicht wahr?«

»In letzter Konsequenz. Vielleicht haben wir eines Tages

damit Erfolg. Eines ist jedenfalls gewährleistet«, sagte Rathar halblaut. »Das Martyrium der gefangenen Planchet-Bewohner, die totale Isolierung, existiert nicht mehr. Die Riesenfalter sind lebhaft, neugierig und kommunikationsfreudig.« Er machte eine Pause. Der Falter flatterte in die Höhe, richtete beide Facettenaugen auf die Besucher und flog durch die Öffnung davon. Sonnenlicht, von den Flügeln farbig reflektiert, ließ die Besucher blinzeln.

»Wir hoffen, daß sie langlebig sind und uns in den nächsten Jahren alle Fragen beantworten«, fügte er hinzu.

Die Kommandantin lächelte und blickte dem Falter nach. »Ein seltsames Weiterleben in schönen Körpern«, flüsterte sie. »Unser Chef hat seinerzeit diese Einsätze persönlich geleitet und sich in Lebensgefahr gebracht. Kennt Atlan diese Entwicklung?«

»Wir haben einen Datenchip vorbereitet.« Der Arkonide langte in die Brusttasche. »Geben Sie's ihm so bald wie möglich.«

»Danke. Der Rundflug der DYSMELY ist in dreißig Tagen beendet. Sie können sich auf uns verlassen.«

Auf dem Rückweg zum Raumhafen stritten zwei Gefühle in Benaya. Die Erinnerung an das kaltblütige Morden und Rauben und der Eindruck von Schönheit und Leichtigkeit. Die Kommandantin flüchtete sich in die leere Schiffszentrale und blieb mit ihren widersprüchlichen Gedanken allein.

2.

Vor 125 Jahren hatte ich den Planeten Starjoy zum erstenmal besucht. Harxid von Zoltral, mittlerweile älter als zwei Jahrhunderte, lebte noch immer auf dem Planeten.

Die Triebwerke der OZYMANDIAS donnerten ein letztesmal auf. Langsam sank das Schiff auf den Rand der Landefläche herunter und setzte in Sand und Kies auf. Ungewöhnlich große, uralte Silberbuchen umstanden das Landefeld, niedrige Bauten aus Holz und Bruchstein duckten sich unter weit vorspringenden Ästen. Ich drehte den Kontursessel und wandte mich an den ertrusischen Piloten.

»Zehn Planetentage Pause, Doncar. Schneller geht es nicht. Die Dagor-Philosophie kennt keine Oberflächlichkeit.«

Der Pilot nahm einige Schaltungen vor, strich mit der Rechten über den Sichelkamm und brummte:

»Das wußten wir schon vor dem Start, Sir. Die Crew findet sicher Ablenkung. Neuarkonidische Planeten sind immer interessant. Können wir Ihnen helfen?«

»Danke, nein. Ich darf mir nicht helfen lassen. Es wäre gegen die uralten Dagor-Gesetzmäßigkeiten.«

Ich betrachtete sekundenlang die Außenwelt, wie sie die Bildschirme der Panoramagalerie zeigten, nickte den Besatzungsmitgliedern der Zentrale zu und ging in meine Kabine. Während des Fluges hatte ich gewissenhaft versucht, mich auf diese Aufgabe vorzubereiten. Auf Starjoy war ich nichts anderes als ein Dagor-Schüler auf dem Weg zum Meister.

Ich duschte, zog die dünne, zeremonielle Kleidung an und schlüpfte in die weichen Stiefel. Die Ausrüstung – Wassersack, Gürtel, Waffen und Gebrauchsgegenstände – war hochmodern, entsprach aber in jedem Punkt den traditionellen Anforderungen. Ich steckte die geschnitzte Holzfigur ein, deren Bänder, Intarsien und Hieroglyphen mich als Aktivatorträger, ARK SUMMIA-III-Gewinner, Largamenia-Absolvent und Iprasa-Akademiker auswiesen. Ich faßte mein schulterlanges Haar im Nacken mit einer Spange aus Arkonstahl zusammen, hängte Bogen und Köcher um und steckte den Minikom ans Handgelenk; mit der dunklen Brille mein einziges notwendiges Zugeständnis an die moderne Zivilisation.

In tiefem Schweigen und langsamer Gründlichkeit bereitete ich mich auf den Weg zum Dagor-Meister Zoltral vor. Ich unterdrückte bewußt die Gedanken an die erstaunliche Metamorphose der sieben Vecorat-IV-Körper, verdrängte jede üble Vorahnung über weitere Überfälle der Raumpiraten und registrierte zufrieden, daß selbst der Extrasinn schwieg.

»Erster Grundsatz: Der Weg ist Teil der Summe. Das Ziel ist die Summe«, flüsterte ich, verließ die Kabine und bewegte mich zur Polschleuse.

Die OZYMANDIAS war wie ausgestorben; meine Crew überbot sich in taktvoller Zurückhaltung. Nach zweihundert Schritten tauchte ich in den Schatten der uralten Bäume ein. Der Pfad, der sich nach Osten schlängelte, war seit dem Jahr 2405 weder breiter noch schmaler geworden. Ich atmete kontrolliert ein und aus, zwang meine Muskeln sich anzupassen, und machte in der Neun-Zehntel-Gravo-Schwerkraft weite Schritte. Fast jeder einzelne Schritt beruhigte mich, ich dachte immer weniger an Vergangenes, freute mich auf die nahe Zukunft.

Gegen Mittag erreichte ich, ohne einen einzigen Planetarier getroffen zu haben, die Lichtung. Zwischen den sieben Quellbecken führten schmale Bohlenstege hindurch. Die weiße Steinplatte neben dem ersten Becken stand im Schatten. Ich blieb davor stehen, und während ich die Ruhe des Platzes in mich einsog wie lebenserhaltende Luft, unterschied ich Insektensummen, Vogelrufe, die Schreie kleiner Tiere in den Bäumen und das Rascheln beutesuchender Schlangen und großohriger Füchse im Gebüsch und zwischen den Halmen des schwarzgelben Zittergrases.

Ich setzte den fingerlangen Meißel aus Arkonstahl an den Stein und hieb mit der Handkante auf den breiten Meißelkopf. Seit meinem letzten Besuch bei Meister Harxid hatten hier neun Dagor-Scholaren ihre Namen hinterlassen; die Steintafel war kaum zu einem Drittel gefüllt. Ich schrieb MASCAREN GONOZAL in archaischen Arkon-Lettern, folgte den vorgeschriebenen Gesten und fühlte, daß ich tiefer in die Geisteswelt des Dagor hineinglitt. Ich nahm den Mantel von den Schultern, rollte ihn auf dem Moos neben der ersten Quelle auseinander und zog mich langsam aus. Mit jeder weiteren Stunde und den entsprechenden vorgeschriebenen Handlungen wurde ich wieder zum Schüler, zum Jugendlichen, zum Unerfahrenen.

Ich watete in das warme, schwefelriechende Wasser,

tauchte unter und streckte mich aus. Ein reichgeschnitzter, alter Balken warf einen Schatten, der sich auf dem Boden des Beckens abzeichnete. Ich blieb eine halbe Starjoy-Stunde darin und wechselte entgegen dem Uhrzeigersinn ins nächste Becken. Wärme, Kälte und mineralische Bestandteile, deren Dünste ich einatmete, versetzten mich in einen außergewöhnlichen Zustand; ich war, als ich mich kurz vor Sonnenuntergang abtrocknete, todmüde und fernab aller drükkenden Probleme. Ich aß und trank, rollte mich in den Mantel ein und blickte in die Sterne, bis meine Augen zufielen und ich traumlos bis zum Sonnenaufgang schlief. Vogelgeschrei weckte mich.

Der Pfad wand sich zwischen knorrigen Wurzeln nach Osten. Ab und zu blinzelte ich zwischen dicken, schorfigen Stämmen in die gelbrote Sonnenscheibe. Ich hielt den Bogen und zwei Pfeile in der Hand, und meine Sinne, durch den Ritus geschärft, unterschieden weitaus mehr Einzelheiten als am ersten Tag. Die Dagor-Übung gliederte sich in viele unterschiedliche Schritte, die einerseits ohne die lange Geschichte dieser umfassenden Technik unverständlich blieben, andererseits auch und gerade heute wichtig waren: Ich führte mich selbst in einen Zustand der Tiefenkonzentration hinein, den jeder Dagor-Kämpfer brauchte. Ich blieb plötzlich stehen, setzte mich auf das Moospolster zwischen Baumwurzeln und lauschte mit geschlossenen Augen.

»Ich bin überzeugt, daß Meister Harxid längst weiß, daß sein ältester Schüler auf dem Weg ist«, murmelte ich. Der Logiksektor schwieg.

Vögel und Kleintiere in diesem Gebiet kannten keine Fluchtdistanz. Ich wußte seit ein, zwei Stunden, daß ich beobachtet wurde. Wahrscheinlich hatte Harxid einen jungen Zögling mit dieser Aufgabe betraut. Während ich versuchte, den Beobachter aufzuspüren, erinnerte ich mich an die einzelnen Schritte des weiteren Weges; etwa sechsunddreißig Stunden trennten mich von Zortrals Haus. Vor mir lag das Labyrinth aus Stein, Holz und Sand. Auch diese Prüfung diente dazu, geistige und körperliche Kräfte zu verbinden und genau jenen Zustand zu schaffen, der als Optimum des Erreichbaren galt.

Ich legte den Pfeil auf die Sehne, visierte das Ziel kurz an und blickte auf einen Punkt im Gebüsch, drei Meter von einem weißen Haarschopf inmitten schwarzbemooster Stämme entfernt. Während ich aufstand, spannte ich die Sehne bis hinters Ohr und löste den Pfeil. Er heulte quer über die Büsche entlang des Pfades und schlug drei Handbreit über dem Kopf des Beobachters in den dreimal schenkeldicken Ast. Ich hob den Arm und rief:

»Sag Meister Harxid von Zoltral, daß ich auf dem Weg zu ihm bin.«

Ich schob den zweiten Pfeil in den Köcher und marschierte weiter. Tatsächlich richteten sich alle Gedanken nur nach vorn. Es war, als gäbe es nichts, woran ich mich zu erinnern hätte. Das Gelände stieg an, und während ich Atem und Muskeln kontrollierte, rannte ich im Zickzack die Hügelflanke aufwärts.

Dagor (es gab einen ungenauen, nicht ganz ernstgemeinten USO-Erklärungsversuch im Interkosmo: *D*urchgestaltete *A*ngriffs- und Verteidigungsphilosophie *G*eheimer und *O*rganisierbarer *R*ealität) bedeutete die Vorwegnahme zahlreicher Arten von Kampf- und Selbstverteidigungstechnik: bestimmte Techniken der Zen- und Samurai-Ausbildung Terras und ähnlicher Verfahren auf anderen Planeten kamen Dagor recht nahe. Im Idealfall, der absoluten Meisterschaft, verwandelte sich ein Körper aus Fleisch, Sehnen, Muskeln, Knochen und Blut in eine Maschine, von einem neu geschärften Intellekt gesteuert, das nur ein klar definiertes Ziel kannte: *Siegen*.

Ich schwang mich zwischen schwarzen Duolithen hindurch und duckte mich unter dem Deckstein, einer runden Platte. Ein Steg, naß vom nächtlichen Regenguß, führte geradeaus zur Höhle. Ich lächelte: Bisher hatte sich das Labyrinth jedesmal in anderen Ausdrucksformen präsentiert.

Ein Versagen bei einer der vielen Prüfungen bedeutete weder Tod noch ernsthafte Verletzungen, unterbrach aber die zielstrebige Hinführung zu den meisterlichen Zeremonien. Ich fühlte, wie mich die geheimniserfüllte Dunkelheit der ersten Höhle anzog. Ich duckte mich und lief über grobkörnigen Sand. Wirklichkeit und Illusionen waren ab jetzt nicht mehr zu unterscheiden.

Durch die Hohlräume, Gänge, Stollen und Schächte des Irrgartens dröhnten die seltsamen Klänge eines Geophons. Jemand schlug mit schweren Schlegeln auf federnd aufgehängte Steinsäulen und spielte eine einfache, hypnotisierende Tonfolge, deren Vibrationen Boden und Decke der Höhle erschütterten. Ich ging geradeaus weiter, sicherte geduckt nach allen Seiten. Meine Schritte knirschten im Sand. Aus Spalten in der Decke und in den Wänden lösten sich schemenhafte Fabelgestalten und kamen lautlos näher. Unmittelbar vor mir wurden sie zu wirklichen Lebewesen und stellten sich mir in Kampfhaltung.

Ich schnellte herum, griff sie an, schlug zurück und wehrte mit pfeifenden Schlägen und kurzen Griffen ab. Wenn ich die Gegner durch Kombinationen der klassischen Abwehr besiegte, zeigten sie die Gesten der Unterwerfung und wichen schweigend wieder zurück.

Andere Gestalten aus der langen Geschichte der Arkoniden, weniger martialisch, versuchten mich aufzuhalten und stellten Fragen. Ich wehrte sie ab, wenn sie zu nahe kamen, antwortete und sah zu, wie sie verschwanden, wenn meine Antwort richtig war. Ich kam so nur schrittweise vorwärts. Vor mir öffneten sich runde und schachbrettartige Löcher, deren Ränder schwach glühten. Echos verloren sich in der Tiefe.

Aus bodenloser Schwärze brodelten Rauch und Dampf herauf. Zwischen den Löchern erstreckten sich nach wenigen Schritten breite Bohlen, auf denen ich geradeaus oder in rechten Winkeln zur Seite balancieren mußte. Die legendären Ahnen der Dagor-Historie, die lautlos aus der Höhlenfinsternis ins wandernde Helligkeitsfeld eindrangen, versuchten mir den Weg zu versperren.

Ich blieb stehen und versuchte mich zu orientieren: Der

Weg über diesen Raster wurde schwieriger, und ich mußte eine bestimmte Stelle in der Höhlenwand erreichen. Ich zwang mich dazu, nicht zweimal links oder rechts auszuweichen, während ich gegen die Gestalten kämpfte. Ab und zu setzte ich einen Fußhebel ein, der einen Gegner taumeln ließ; ohne einen Laut stürzte er in den nebligen Abgrund.

»Diesmal scheint die Anzahl der Gegner größer zu sein«, sagte ich leise und tänzelte auf der Bohle weiter. »Und die ehrenwerten Gegner haben dazugelernt.«

Das Gitter der Stege wurde enger, und die glatten Bretter unter meinen Sohlen waren nur noch zwei Handbreit schmal. In einem flüchtigen Augenblick merkte ich, daß ich weder schwer atmete noch schwitzte. Die Konzentration meines Körpers hatte also einen sehr hohen Grad erreicht. Als ich nach zwölf Schritten auf den nächsten Gegner traf, neigte sich der hölzerne Pfad; der dunkle Irrgarten begann dreidimensional zu werden: eine zusätzliche Variante. Wir standen uns gegenüber, unter uns der Abgrund, der sehr real und tief wirkte. Ich winkelte die Arme an, formte die Hände zu Kampfwerkzeugen und griff an. Noch immer ertönten die seltsamen Klänge des Geophons durch die riesige Höhle.

Auch mein Zeitgefühl war verlorengegangen. Stege, Leitern und Treppen führten aufwärts und abwärts. Ich schätzte, daß ich einige Stunden damit verbrachte, mir den Weg durch das Labyrinth mit sämtlichen Varianten der Dagor-Technik zu bahnen. Der Gegner, der am Ende des federnden Balkens auftauchte, verbeugte sich, trat zur Seite und deutete ins Dunkel. Ein steinernes Portal schälte sich aus der Finsternis, dahinter schimmerte bernsteinfarbenes Licht. Ich grüßte die Gestalt, die wie ein zweihundertzwanzig Jahre alter Arkonide aussah, und ging durch das Tor. Die Klänge der tönenden Steinsäulen rissen plötzlich ab.

Frische Luft schlug mir entgegen. Ich atmete tief durch und ging auf ein kleines Haus zu, das auf steinernen Säulen in einem runden Teich stand. Ich hob den Kopf und starrte in den Himmel. Obwohl die Nacht kühl und klar war, sah ich weder die Sterne noch den Mond. Als ich die schwere Tür hinter mir schloß, befand ich mich in völliger Lautlosigkeit. Ich fand Stahl, Feuerstein und Werg am gewohnten Platz, zündete einige Kerzen an und war nicht überrascht, die Einrichtung des großen Raumes mit weißen, schmucklosen Wänden augenblicklich wiederzuerkennen. Die schallschluckenden Elemente an der Decke glichen Pyramiden aus Meeresschwämmen. Das Knistern der Kerzen und die Geräusche, die ich verursachte, wurden ebenso verschluckt wie das Knacken der glühenden Holzkohle unter dem Kessel.

Ich legte meine Ausrüstung ab, hängte die Kleidung an steinere Knöpfe und schlüpfte in den weißen Umhang. Das Wasser des vertieften Badebeckens war warm, die winzigen Öltropfen darauf dünsteten narkotisierend-beruhigende Düfte aus, und selbst das Geschirr für den Teesud stand angewärmt bereit. Ich goß den Sud auf, würzte und süßte ihn und watete ins Badezimmer.

Ich entspannte mich, trank den heißen Sud und fühlte Minuten später weder Müdigkeit noch Hunger oder Durst. Der Extrasinn murmelte: *Zwei Drittel der zeremoniellen Prüfung sind bestanden. Du warst in bester Form.*

Dagor-Großmeister Harxid von Zoltrals Besitztum auf dem arkonidischen Kolonialplaneten Starjoy umfaßte einige flache Gebäude, etliche Terrassen und eine Übungshalle. Die Bauwerke lagen unter Bäumen, zwischen Hecken und Rasenflächen; die gesamte Anlage auf der Klippe sah aus der Luft wie das wichtigste und älteste Symbol unserer Philosophie aus. Selbst die Farben stimmten mit den ältesten Bildern überein. Ich schlief tief und öffnete die Tür.

Später Morgen; jenseits der Baumriesen ragten die Antennenmasten in den blauen Himmel. Ich fand im eingebauten Schrank Hose und Jacke, trank den kalten Sud, steckte die archaische Holzplastik ein und ging über den feuchten Sandpfad bis zur Mitte der Gebäude. Ein junger Arkonide stutzte die Hecke, eine Arkonidin wählte Blumen aus und schnitt sie, bis sie einen großen Strauß im Arm hielt.

»Der Meister erwartet dich im runden Haus«, sagte der junge Mann.

Ich dankte und folgte dem Pfad bis zu sechs Säulen, die ein gläsernes Vordach trugen. Die Tür glitt auf, ich betrat einen langgestreckten Raum, dessen Wände von uralten Bildern, Schnitzereien, Waffen und Zeugnissen der Arkon-Geschichte bedeckt waren. Der dicke Teppich federte unter meinen nackten Sohlen. Die Luft roch intensiv nach harzigen Dekkenbalken.

»Es ist gut, dich wieder zu sehen, Mascaren Atlan von Gonozal. Willkommen auf Starjoy.« Harxid erhob sich aus einem wuchtigen Ledersessel und streckte den Arm aus. »Du hast nichts vergessen. Wieder hast du jede Frage beantwortet und jeden Griff mit dem Gegengriff abgewehrt.«

»Ein Vorteil der ARK SUMMIA.« Wir packten uns an den Handgelenken und schüttelten die Unterarme. Harxid deutete auf den zweiten Sessel. Zwischen uns stand ein niedriger Tisch. Ich stellte das kleine Schnitzwerk zwischen die Schalen voller Nüsse und Früchte. »Du scheinst in diesen vielen Jahren nicht älter geworden zu sein.«

»Du irrst. Ich spüre das Alter, Atlan. Du wirst es merken, wenn wir uns näher miteinander beschäftigen.«

Harxids gebräuntes Gesicht hatte einige neue Falten bekommen, sein langes Haar war im Nacken zu einem Zopf geflochten. Er trug Hose und Jacke in Dunkelrot, von weißen Ledergürteln zusammengehalten. Unter den weißen Brauen musterten mich rötliche Augen mit hellblauen Pupillen. Ich sah die Muskeln und Sehnen seiner Füße, der Handgelenke und der Finger: Er schien in Wirklichkeit nichts von seiner Stärke eingebüßt zu haben. Ich ließ meine Blicke über das Relief aus Arkonstahl gleiten, das die Legende von Caycon und Raimanja schilderte, des mythologischen Liebespaares aus der Zeit vor Gründung des Imperiums.

»Die Gewächse der großen Wälder von Graymonde – sind sie, wie du es wolltest, gewachsen? Haben sich Flora und Fauna ausgedehnt? Bist du zufrieden?«

»Gibt es etwas, das du nicht weißt, Meister?« Woher Harxid sein Wissen und die Informationen über den von mir geretteten Planeten bezog, blieb ein Geheimnis. »In drei Jahrzehnten schließt die Natur viele Wunden. Graymonde wächst zu einer wunderschönen Welt zusammen; die planetenformerischen Arbeiten und die Kräfte der Natur ergänzen einander. Es gibt nur eine kleine Siedlung am Meer. In einem Jahrhundert wird sich niemand mehr an die Verwüstungen und Vergiftungen erinnern können.«

Wir aßen Früchte und Nüsse und blickten über den Klippenrand auf den Saum der Küste. Ruhe und wohlige Stimmung umgaben uns; vom Rest des Universums schienen wir völlig abgetrennt zu sein.

»Wie steht es um Bigwood, die Welt des denkenden Riesenwaldes, den Senoclypte-Planeten? Ich weiß, daß unzählige ehemalige Sklaven auf vielen Welten verstreut sind und dort in Häusern aus dem Holz der Senoclypte wohnen?«*

»So ist es.« Ich lächelte. »Es mag schwachsinnig erscheinen, Holz in Riesenraumschiffen zu transportieren. Aber der Druck wuchernder Wälder ist von Senoclypte inzwischen ebenso genommen worden wie von den ehemaligen Sklaven. Viele jener Mischlinge arbeiten in der United Stars Organisation.«

»Und helfen, deine Probleme zu lösen.« Der Meister nickte. »Es gibt noch immer keine Spuren der sieben IV-Vecorat aus dem Volk, das uns Arkoniden so viel zu schaffen machte?«

»Wir suchen mit hunderttausend Augen danach, Meister«, sagte ich und berichtete ihm von der erstaunlichen Metamorphose jener Mischwesen aus IV-Körper und menschlichem Ego. Vom Sieg der USO gegen einen starken Arm der Condos Vasac wußte der Meister ebenso wie von meiner flüchtigen Beziehung zu Boscyk und der Argyris-Sippe. Er schloß die Augen und sagte:

»Und nun suchst du nach Spuren der Starbuccaneers.«

Keine Frage, sondern eine Feststellung. Ob sich die Piraten nach Mr. Starbuck nannten, einem Protagonisten aus Melvilles großer Erzählung vom Weißen Wal, war vielleicht

* Bigwood. Ein weiterer Planet, auf dem ich aktiv geworden war, Sklavenbefreiung war es gewesen, und der schon obligatorische Kampf gegen interstellare Gangster.

in anderem Zusammenhang wichtig. Ich hob den Kopf und blickte in Harxids alte, kluge Augen.

»Nicht nur ich suche, Meister. Die Hinterbliebenen der vielen Opfer, die Sicherheitsdienste der Raumflotten, die Solare Abwehr, planetare Polizei und wir, die USO: Alle fahndeten nach den Verbrechern. Bisher ohne jeden Erfolg.«

Ich schilderte, während er es nickend zur Kenntnis nahm, den Umfang des Raubzuges; unersetzbare Bilder, Kostbarkeiten, wichtige Teile der Beute. Harxid lehnte sich zurück und schien in Gedanken andere Welten zu besuchen. Nach einer Viertelstunde etwa sagte er mit leiser Stimme:

»Ich denke, wir wissen mehr, wenn wir unsere Übungen beendet haben. Jene Welten, auf denen Piraten-Nachwuchs heranwächst, sind bekannt. Es ehrt Starjoy und mich, daß du trotzdem Zeit gefunden hast, deinen alten Meister zu besuchen.«

»Ich käme öfter«, räumte ich ein, »wenn ich mehr Zeit hätte. Eigentlich hab' ich's schon lange gewußt: Der gesamte Dagor-Ritus hilft mir, weiterhin Wichtiges von Nebensächlichkeiten zu unterscheiden, und von beidem habe ich, als USO-Chef und privat, mehr als genug.«

Wir vollzogen die rituelle Verneigung, standen auf und gingen zur Übungshalle. Dagor-Konzentration half mir, die Erwähnung der Piraten-Planeten als eine von vielen tausend Informationen zu betrachten und keine Ungeduld aufkommen zu lassen. Wir begannen mit weiteren Konzentrationsübungen, stimmten uns mit rituellem Bogenschießen – ähnlich den japanischen Zen-Übungen – ein und gingen zu anderen ballistischen Waffen über: Speerwurf, Wurfeisen, Schleudern, Armbrust, Messer und Dolche, Wurfpfeile und Stahlnadeln.

Die Puppen starrten nach einigen Stunden von Geschossen. Ich war schneller, aber Harxid setzte seine Treffer in unerschütterlicher Ruhe und bewunderswerter Gelassenheit. Hätte ich je einen Gegner seiner Stärke gehabt, würde ich wohl nicht mehr am Leben sein.

»Mittagsruhe«, sagte er und verbeugte sich. »Etwas Schwimmen, Essen und zwei Stunden Schlaf. So erholen sich Geist, Verstand und Körper. Ich hoffe, deine Eile hält sich in Grenzen.«

»Sieben, acht Tage werden genügen, Meister.«

»Nicht für einen weniger Erfahrenen, Atlan. Komm hinaus, in Sonnenschein und gute Luft.«

Nur wenige Zöglinge wohnten und arbeiteten hier. Die wohlgepflegte Anlage schien ausgestorben, aber jede Einzelheit strahlte Ordnung und Sauberkeit aus. Wir schwammen mehrere Runden im kreisförmigen Becken, nahmen eine leichte Mahlzeit ein und streckten uns auf den Matten unter schattenspendenden Ranken aus.

Der Nachmittag gehörte anderen Waffen: Wir fochten mit dünnen Floretten, deren Stahl durch die Luft pfiff, mit Degen und Säbeln und mit Langschwertern; ohne Rüstung und Schild, mit nackten Oberkörpern. Angriff, Verteidigung, Ausweichen und überraschende Ausfälle wechselten einander ab – dazwischen lagen Konzentrationsübungen, die schließlich jede einzelne Körperzelle zu erfassen schienen. Abermals zählte nur die Gegenwart, war der Augenblick wichtig und verloren Zukunft und Vergangenheit ihre Bedeutungen. Es war, als würden sich unsere Persönlichkeiten in den Spitzen oder entlang der Schneiden der Waffen kondensieren.

Bei Sonnenuntergang trennten wir uns. Ich wankte schwitzend und erschöpft, an allen Gliedern zitternd, in das Haus über dem Teich, glitt ins warme Wasser und schlief trotz des heißen Sudes ein. Als ich später in den Spiegel blickte, war ich sicher, Gewicht verloren zu haben. Alle Muskeln und Sehnen zeichneten sich überscharf ab.

»Viele Wesen sind stolz auf ihre aberwitzige Unfähigkeit, Tatsachen ins Auge zu blicken«, dozierte Harxid von Zoltral. Er ließ den Schlegel auf ein Element des Geophons fallen. »Ich bin kein Weiser, der alle Geheimnisse des Universums kennt. Aber ich habe Mittel, undeutliche Informationen miteinander zu verknüpfen. Deshalb weiß ich – und du wirst es erleben können –, daß IV-Angriffe oder Raumpiraten den allgemeinen Bedingungen gehorchen, die für den Ablauf der Zeit gelten. Letzten Endes ist das eine vorübergehende Entwicklung. Gerade in einer Unterhaltung mit dir muß ich das nicht weiter ausführen.«

Er schlug eine kurze Tonfolge, die im winzigen Amphitheater aus Stein widerhallte.

»Nein. Ich bin mit arkonidischen und terranischen Geschichtsabläufen sozusagen aufgewachsen. Ich rechne damit, daß die Bilder, das Sternendiadem von Plophos und andere Beuteteile auf Lepso oder auf anderen Planeten dieser Art auftauchen und daß meine Mittelsmänner mich davon benachrichtigen. Bisher habe ich keinen Grund, die Jagd auf die Starbuccaneers zur Chefsache werden zu lassen.«

Wieder pflanzten sich eine Reihe starker Vibrationen durch das Gestein fort. Ich saß auf einem der Ränge und blinzelte in die untergehende Sonne.

»Ich glaube, daß Bigwood, Lepso und Terra zusammenhängen. Die Starbuccaneers sind, so unglaublich es klingt, die Klammer.«

»Weißt du das, Meister, oder glaubst du das?«

Harxid blickte lange schweigend in meine Augen, hämmerte einen langsamen Wirbel und legte die Schlegel weg. Schatten krochen an den Steinen hinauf.

»Was ich glaube, ist bisher fast immer erlebbare Geschichte geworden. Seit mehr als hundertfünfzig Jahren. Wäre es nicht so, würde ich dir keine Koordinaten und Informationen über die Piratenwelten geben... geben können.«

»Sind mir die Planeten irgendwie bekannt?«

»Das ist möglich, aber unwahrscheinlich.«

Er winkte. Wir gingen zu einer der vielen Terrassen. Windlichter brannten unter einem Zeltdach und zwischen Tellern und Schüsseln eines reich gedeckten Tisches. Wir setzten uns und hoben die Gläser. Harxid sagte leise:

»Dagor, mehr als Philosophie und Kampf, ist, wie wir wissen, ein Versuch der Ganzheitlichkeit. Ich komme ihr näher als beispielsweise du, Atlan Gonozal, denn dich, Paladin der Menschheit, lenkt zu vieles ab. Mich nicht, nicht hier in diesen modernisierten Tempelchen. Auch ein Vorteil des Alters, nebenbei. Merke dir: Jedes Atom im Universum hängt mit allen anderen zusammen.«

»Ich weiß.« Ich lachte. Wir aßen wenig und ohne jede Eile. »Beantworte mir eine Frage, Meister: Wie können Piraten so mächtig werden, daß sie wichtige Nerven des Imperiums beschädigen und zu einer innergalaktischen Gefahr werden?«

»Du hast das Wissen und alle Informationen.« Der Meister grinste niederträchtig. Seine Augen funkelten. »Setz sie zusammen, denk nach. Spätestens auf den Piratenplaneten erfährst du die letzten Wahrheiten und Gewißheiten.«

Ich verbeugte mich. Er hatte recht und machte mich ausgesprochen neugierig auf diese Welten. Es gab keinen Grund, sie gleich anzufliegen. Noch nicht. Eine gutaussehende Arkonidin, schätzungsweise hundertzwanzig Jahre alt, kam aus dem Haus und füllte die Gläser. Der Meister sagte:

»Morgen finden unsere Übungen im Wald und am Strand statt, Meisterschüler Atlan.«

»Einverstanden, Meister Harxid.«

Als ich ins Gästehaus zurückging, wisperte der Extrasinn: *Nachdem du alle Übungen absolviert hast, wirst du dich mit den Piraten beschäftigen müssen. Ich ahne es!*

Wünschenswerte Nebeneffekte der Übungen waren Gewichtsverlust, gehärtete Muskeln, Sonnenbräune und ein berauschendes Gefühl der Gesundheit. Der Minikom summte nicht ein einziges Mal. Nach den kräftezehrenden und aufbauenden Übungen saßen der Meister und ich bis spät in die Nacht auf der Terrasse oder in seinem schmucklosen Arbeitsraum und sprachen über die Geschichte Arkons mit ihren zahllosen Verzweigungen; ich war es, der aus der Vergangenheit lernte.

Es gab keine Liste, nach der die Übungen stattfanden. Wir kannten die Reihenfolge. Meditationsphasen unterbrachen die Waffenübungen. Die Stunden und Tage vergingen in beängstigender Schnelligkeit, und plötzlich war der letzte Abend da. Als wir dasaßen, altarkonidische Musik hörten und auf den Ozean hinaussahen, sagte ich:

»An Bord meines Schiffes habe ich, für dich, drei Tonnen Ladung. Im wesentlichen das gleiche wie immer, Meister Harxid. Soll ich sie hierher schaffen lassen?«

»Danke, nein. Einfach ausladen; die Behörden von Starjoy kümmern sich darum. Ich hoffe, es dauert nicht wieder so lange bis zu deinem nächsten Besuch, Atlan.«

»Wer kann das wissen?« Ich hob die Schultern. »Ich bin der Chef einer Organisation, die jeden Tag mit Überraschungen rechnen muß.«

»Du bist dem höchsten Grad sehr nahe gekommen. Noch hundert Jahre, und du wirst hier an meiner Stelle wirken.«

»Schwerlich, Meister.« Ich lächelte versonnen. »Dafür fehlt mir die Geduld. Und nun, am letzten Abend... Was erfahre ich über die Welten, auf denen sich die Starbuccaneers sammeln?«

Er leerte in kleinen Schlucken das Glas.

»Es sind drei Planeten, Rootsagh, Reeniar und Cataphyl. Jeweils ein kleines Sonnensystem, in dichter Nachbarschaft. Sie sind miteinander durch Transmitter, deren Benutzer scharf kontrolliert werden, verbunden. Die Kontinente sind nicht groß, und es haben sich in düsteren Jahrhunderten seltsame Stämme, merkwürdige Kulturen und bedenkliche Kleinzivilisationen herausgebildet. Sagen dir die Namen etwas?«

Ich schüttelte den Kopf. Meister Harxid holte aus einer Brusttasche kleine Karten und eine Datenspeicherkassette und lehnte sie gegen meine Schnitzfigur. Ich hörte schweigend zu.

»Die Bewohner – Abkömmlinge von Lemuren und Angehörige anderer Rassen – sind stolz und rauh, genügsam und prunkliebend zugleich. Düstere Burgen, prachtvolle Schlösser und steinerne Horste auf schroffen Bergen sind die Heimat mutiger, rücksichtsloser Geschlechter. Bauern, Händler und Handwerker haben wenig zu sagen, sind aber notwendiger Teil des Klassen- oder Kastensystems. Die wappenstarrenden Klans, Grafen, Herzöge und Fürsten haben erst vor wenigen Jahren ihre Machtkämpfe ausgesetzt, weil sich Aggression und Kampfgeist in den gemeinsamen Aktionen der

Piraten sammeln. Wer zu den Starbuccaneers will, wird hundertfach geprüft. Natürlich haben diese, nennen wir sie Warlord-Geschlechter, eigene Raumschiffe. Man sagt, sie glauben noch an Schwüre, Verwünschungen, Eide, Drachen, Schwerter und Magie, aber das mag ins Reich der Fabel gehören.«

Er machte eine Pause, wies auf die Übungshalle und sagte in unüberhörbarem Ernst:

»Solltest du je gezwungen werden, Rootsag oder eine andere Welt zu betreten, rüste dich dreifach gestaffelt aus: Man berichtete mir, daß selbst höchstgradig getarnte Waffen raschem Schwund unterworfen sind. Offensichtlich ist's auch ein räuberisches Völkergemisch von karger Moral. Ein Meister entspricht in deren Augen einem Ritter; dies wäre dein Vorteil. Viel wahrscheinlicher ist, daß die USO die Buccaneers oder Flibustier irgendwo im Weltall fängt und du nie auf den Piratenwelten wandern mußt.«

»Obwohl meine Neugierde geweckt ist.«

Meine Tage und Nächte auf Starjoy waren unwiderruflich zu Ende. Selbst die Kleidung war durchgewetzt, zerschlissen und verschmutzt. Wir leerten ein letztesmal die Gläser und verabschiedeten uns voneinander. Ob mich Meister Harxid von Zoltral aus jenem Geschlecht, dem auch Perry Rhodan und mein Freund Crest entstammte, jemals wiedersah, war fraglich; ich hatte aber fest vor, wieder hierher zu fliegen. Melancholie bestimmte unsere letzte Unterhaltung. Er begleitete mich schweigend über den Hügel hinweg, bis zum Ende des Pfades. Ich stieg in den Gleiter der OZYMANDIAS, und zwei Stunden danach startete das Schiff mit Kurs auf Graymonde und die Sonne Escape/Tamee 3081 a.

USO-Spezialist Asics Newlife (M 21 019) (F) salutierte, grinste breit und wenig dienstlich. Am Rand des winzigen Raumhafens standen drei Händlerschiffe, namenlos, mit riesigen Nummern auf den Kugelwandungen. Die Mittagssonne brannte auf die Küstenlinie und das Städtchen Quizzardos Paradies.

»Sie scheinen sich sehr wohl zu fühlen, Spezialist?« fragte

ich und setzte die Sonnenbrille auf. »Gibt es einen Grund zu übergroßer Fröhlichkeit?«

»Selbstverständlich, Sir, Lordadmiral.« Zwei Gleiter schwebten aus verschiedenen Richtungen auf die OZYMANDIAS zu. »Ein herrlicher Tag, reizende Gäste, ein Planet, der von der USO gerettet wurde, kein Ärger... was will man mehr?«

»Die richtige Einstellung, Spezialist Newlife«, kommentierte ich und versuchte, die Personen hinter den Frontscheiben zu erkennen.

Die Händler hatten Ausrüstung, Baumaterial, ausgesuchte Nahrungsmittel und Getränke für den Yachtclub gebracht und, mitsamt einer Ladung wertvollen Holzes vom Senoclypte-Planeten, auch hundertfünfzig Umsiedler. Die Gleiter bremsten am Fuß der Rampe. Ich hob den Arm; Sharbadad Argyris und Michael Rhodan stiegen aus und kamen auf mich zu. Dieser Besuch war locker vereinbart worden. Daß sie ausgerechnet heute auf mich warteten, war eine Überraschung. Ich schüttelte ihre Hände.

»Mein Herr Vater wäre sehr überrascht, uns hier zu sehen, Onkel Atlan«, sagte Michael. »Wir sind erst gestern gelandet.«

»Grüße von allen, besonders von Schwester Aardilah«, schloß sich Sharbadad an. »Einige Händler, meine Sippe und Lovely Boscyk sind inzwischen gute Freunde geworden.«

»Es ist schwer, mich zu verblüffen.« Ich ließ mich von ihnen zu den Fahrzeugen ziehen. »Wird Graymonde zum Händlertreffpunkt? Bleibt ihr lange? Mein Stadthaus ist vorbereitet, und es gibt viele gemütliche Betten.«

»Zwei Tage«, erwiderten beide gleichzeitig. Michael fügte hinzu: »Mehr Zeit haben meine beiden Kommandanten nicht. Sie sind ziemlich gut im Geschäft.«

»Was die Springer ärgert!« sagte Sharbadad.

Ich traf Michael Rhodan seltener als Sharbadad Argyris: Ich hatte Mike versprochen, mit Perry nicht darüber zu sprechen. Seit seiner überraschenden Flucht aus dem Elternhaus – für ihn die einzige Möglichkeit, dem Schatten des berühmten Übervaters zu entkommen – flog er mit verschiedenen Händlern, und die Argyris waren zu seinen zuverlässig schweigenden Freunden geworden; nicht ohne meine Mitwirkung.

»Hast du zwei Tage Zeit für uns, Atlan?« sagte er. Ich nickte und sah zu, wie Asics Newlife mein Gepäck in Michaels Maschine lud. »Es gibt einige wichtige Dinge zu besprechen.«

»Und ob.« Ich legte Asics die Hand auf die Schulter. »Wieviel Menschen leben hier, Spezialist?«

»7420, dazu etwa dreihundert Gäste im Club.« Die Antwort kam blitzschnell. »Ich weiß, was Sie sagen wollen, Sir. Was hier passiert, bleibt absolut geheim. Niemand kennt die Händler-Kapitäne. Die Raumschiffe, in jedem Verzeichnis zu finden, gehören selbständigen Händlern oder kleinen Reedern. Überdies ist dies ein USO-Planet, und nichts sickert von hier nach draußen.«

»Und das soll auch so bleiben«, sagte ich. »Kommt. Wir reden bei einem guten Mittagessen über alles. Vor allem über die Springer, von denen mir die eine oder andere Sippe ein Dorn im Auge ist.«

»Und die Piraten?« fragte Sharbadad und schwang sich in den Gleiter. Ich setzte mich neben Michael und rief durch das offene Fenster.

»Jawohl! Genau! Die Starbuccaneers.«

Vor einem Jahr war Michael, vierundzwanzigjährig, verschwunden. Auch mit mir hatte er nicht über seine Absicht gesprochen. Als ich ihn, völlig zufällig, traf, erklärte er mir seine Gründe für die Flucht. Ich teilte seine Ansicht nicht, aber ich schwieg Perry Rhodan gegenüber.

Wir setzten uns an den Tisch im geräumigen Obergeschoß; die Scheiben glitten zur Seite, und wir konnten die wachsenden Wälder an den Hängen und das wuchernde Grün auf den subplanetaren Dächern der Clubanlage sehen. Während das Essen aufgetragen wurde, berichtete ich Michael und Sharbadad, was die USO über den WENCEL-VON-TRONCA-Überfall wußte. In betroffenem Schweigen hörten meine jungen Freunde zu. Michael starrte in mein Gesicht.

»Du brauchst... die USO braucht also Informationen? Du

weißt, daß sich unzählige Handelskapitäne untereinander kennen. Es gibt stets Gerüchte. Ein paar Tausend Kapitäne und Mannschaften werden irgend etwas aufschnappen.« Michael grinste kalt. Seine Entschlossenheit war nicht zu übersehen. »Nur Gerüchte sind schneller als der Hyperfunk. Finden die Händler etwas heraus, hören wir's, und die USO erfährt's.«

»Intergalaktische Zusammenarbeit.« Ich grinste. »Und das Leben als Gehilfe von Trampkapitänen gefällt dir?«

»Ja«, sagte er einfach. Sharbadads Gabel ritzte Muster in die Tischdecke. Er schien an ganz anderes zu denken.

»Dieser Boscyk, Atlan – mitunter verblüfft er mich. Er ist ein Feinschmecker, der wegen exzellenter Weine weite Raumflüge unternimmt. Er sammelt Kunst, betätigt sich ab und zu als sparsamer Mäzen; mitunter, am Fuß leerer Gläser, faselt er sogar von einem Lovely-Boscyk-Museum. Es wäre denkbar, ihn dazu zu bringen, als Strohmann eines der vier gestohlenen Bilder kaufen zu wollen. Sollen's die anderen Kapitäne weitersagen?«

»Ja, natürlich«, sagte ich. »Da die Tramphändler ohnehin kaum Steuern zahlen, würden ihre Schulden dem Imperium gegenüber wenigstens ideell etwas geringer.«

»Einverstanden, Atlan. Du erwartest also einen zweiten Überfall der Starbuccaneers?«

»Nicht nur einen, Mike.« Ich blickte aufs Meer hinaus. »Mehrere. In verschiedenen Sektoren der Galaxis. Und nicht weniger rücksichtslos als der erste. Wir rechnen damit, daß sich diese Gefahr langsam, aber sicher steigert. Wenn eine Sache eine bestimmte Größe erreicht hat, gewinnt sie an Eigendynamik, und die Entwicklung zu einer Piratenflotte wäre nicht aufzuhalten. Das wiederum würde bedeuten, daß sich jeder harmlose Händler bis an die Zähne bewaffnet.«

Ich tippte mit dem Zeigefinger auf den Tisch und sprach weiter. Sharbadad nickte, tief in Gedanken versunken.

»Freut mich, daß wir in Ruhe miteinander sprechen können. Laßt bei dem Ausstreuen von Gerüchten meinen Namen aus dem Spiel. Jeder Händler kann sich, wenn er etwas über die Piraten erfährt, an die USO oder die SolAb wenden.

Schnellen oder gründlichen Erfolg verspreche ich mir allerdings nicht.«

»Verlaß dich auf uns, mein Freund«, sagte Sharbadad. »Es passieren zur Zeit die verrücktesten Dinge.«

Ich nickte grinsend. Wir beendeten das Essen, nahmen einen Kaffee und starteten zu einem Rundflug über die grünen Flächen des rekultivierten Kontinents, der auf dem besten Weg war, sich an vielen Stellen in Urwald zu verwuchern. Meine Gedanken schweiften ab: zu Quinto-Center und zur Vergangenheit.

Sharbadad und Michael waren von unserer Arbeit hier ebenso begeistert wie vom schnellen Wachstum der Pflanzen. Wir kehrten zurück, die Lastenraumer starteten, und Graymonde sank wieder für einige Zeit in die Ruhe eines wenig bekannten Planeten zurück.

3.

Zellaktivatorträger Ronald Tekener wippte mit dem rechten Fuß und blickte auf die Ziffern des Chronometers. 29.01.2430. Kiichi Torck, der Ratsvorsitzende, betrachtete das künstliche Gesicht Sinclair Marout Kennons, und ich wartete, bis die längere Informationssequenz auf dem riesigen Monitor endete. Stundenlang waren Begriffe und Analysen durch meinen Arbeitsraum geschwirrt; die ersten Auflösungstendenzen des Großen Arkon-Imperiums, aufregende Informationen aus Andromeda und Andro-Alpha, das Reich der Tefroder, die Entwicklung auf Lepso nach der Berufung des neuen Geheimdienstchefs Ehret Jammun, einem Akonen-Springer-Nachkommen, und interne Abläufe in Quinto-Center, unserem Mond von zweiundsechzig Kilometern Durchmesser. Ich hielt die Wiedergabe an und beugte mich über den Tisch.

»Das waren nur einige der Entwicklungen, die wir zu beobachten haben. Nach wie vor treiben mindestens sieben Vecorat unerkannt ihr Unwesen und verwenden halb willenlose Assassinen, um destabilisierend gegen das Imperium vorzugehen. Die Starbuccaneers sind gegenwärtig unsichtbar; wir haben aber mit neuen Anschlägen zu rechnen.«

»Es bleiben genügend andere Fragen offen«, sagte der Smiler, wie man Ronald Tekener auch nannte, halblaut. »Unter anderem der gesamte Posbi-Plasma-Komplex.«

Er deutete auf Kennon. Wir waren nach dem Zwischenfall mit dem Plasma-Agenten auf der Hundertsonnenwelt entschlossen gewesen, die Leistungsfähigkeit verschiedener Roboter durch Zellplasma zu verbessern. Logischerweise dachte ich auch an den Kosmokriminologen Kennon, dessen Hirn mir im ›unfertigen‹ Robotkörper gegenübersaß. Sinclair Marout Kennon war bei einem Einsatz so schwer verletzt worden, daß man das Gehirn retten konnte. Und dieses hatte man in einen Robotkörper als ›Vollprothese‹ eingepflanzt.

»Richtig«, sagte ich. »Brauchen wir eine Zusammenfassung?«

»Wünschenswert, um besseren Überblick zu behalten«, meinte Kennon. Ich rief die Infoblöcke ab und drehte den schweren Sessel.

Als Hinterlassenschaften der Mechanica-Intelligenzen galten Dunkelwelten im Leerraum, von denen die Hundertsonnenwelt, Everblack und Frago bekannt waren. Diese waren einst von positronisch-biologischen Robotern ausgebaut, später in den Kämpfen gegen die Laurins buchstäblich dezimiert worden, und wir vermuteten, daß bestenfalls einige Dutzend Stationen überlebt hatten. Den Posbis hatte das Imperium eine unschlagbare Waffe, die Transformkanone, zu verdanken, auch den Materiewandler und beinahe die Technik zur Beherrschung von Relativfeldern. Ich, Perry Rhodan und Fellmer Lloyd waren 2114 vom Zentralplasma der Hundertsonnenwelt um Hilfe gebeten worden, hatten die Haßschaltung beseitigt und einen mündlichen Vertrag geschlossen, der gegenseitige Hilfe und Informationsaustausch garantierte.

»Bis heute wurde der Vertrag weder strapaziert noch gebrochen«, sagte ich. »Die Urzelle haben wir schließlich gefunden, in Andro-Beta, der Satellitengalaxis Andromedas. Die Meister der Insel sprengten Rando Eins.«

»Ist bekannt.« Kennon nickte. »Sie sind sicher, daß ein Bioponblock dieses mechanische, gegenwärtig beschädigte Klappergerippe verbessert?«

»Ja. Nicht nur Ihretwegen, Marout.« Ich ließ die Informationen des Zentralspeichers weiterlaufen. Wir erfuhren detailliert, daß Fragmentraumer ebenso durch Plasma-Großeinheiten gesteuert wurden wie bewegliche und stationäre Roboter. Das Zentralplasma und die Roboterdynastie zählten Perry Rhodan und mich zu ihren engsten Freunden. Wir konnten buchstäblich alles vom Zentralplasma verlangen, und wir bekamen es auch. »Es gibt zusätzliche Gründe.«

Ein Leuchtfeld begann zu blinken, Zeichen dafür, daß Meldungen größter Wichtigkeit von der Nachrichtenabteilung ausgesucht und an mich weitergegeben wurden.

»Augenblick!« Ich aktivierte einen Monitor. Wir lasen:

Das Bild RAUMFAHRER von LEONARDO DARC MEGAHERTZ wurde auf Lepso zu einem noch unbekannt hohen Preis angeboten. Wir verfolgen diesen Hinweis und melden neue Entwicklungen SOFORT!

»Eine erste Spur«, murmelte ich. »Kennen Sie schon die Reaktion der Versicherungen?«

»Negativ«, sagte Kennon. »Das Übliche, denke ich.«

Ich schaltete zusätzliche Informationen auf den Monitor. Für die vier Bilder aus der TRONCA und das Sternendiadem waren beachtliche Rückkauf-Summen geboten worden. Eine Liste anderer Beutestücke geringeren Wertes war angefügt.

»Wird das unser nächster Fall?« fragte der Smiler in aufreizend gleichgültigem Tonfall.

»Ich glaube, er ist es schon.«

Kliichi Torck stand auf und packte die Sessellehne.

»Der Stützpunkt auf Lepso wird sich damit beschäftigen, Sir. Sie sollten die Aktionen von hier aus koordinieren. Bis jetzt hat sich noch niemand ans Licht galaktischer Sonnen gewagt. Unser Mond vibriert jedesmal, wenn Sie unterwegs sind.«

»Ich habe nicht vor, die Starbuccaneers selbst zu hetzen.«

Ich grinste. »Noch nicht. Wir sollten erst einmal klären, ob die Buccaneers etwas mit jener von Terranern abstammenden Gruppe zu tun haben, die sich hochtrabend ›Piraten‹ nennen und keineswegs wirkliche Piraterie betreiben. Wir warten, was die Ermittlungen auf Lepso ergeben.«

»Ausgezeichnet«, stimmte Kiichi Torck zufrieden zu. »Es freut mich, daß Sie nicht jedes einzelne Verbrechen der Galaxis eigenhändig verfolgen, Sir.«

Ich sagte todernst: »Ich glaube nicht, daß ich es schaffen würde. Trotz Zellaktivator und Dagor.«

Tekener grinste, Kennon saß regungslos da. Ich löschte die Bilder und Schriftreihen von den Monitoren und zapfte einen Becher Kaffee aus dem Automaten.

»Ihren Robotkörper mit Hundertsonnenwelt-Plasma aufzurüsten, Marout, bedeutet keine Schwierigkeit. Wir schikken ein Schiff los. Ich verlasse mich, was die Buccaneers betrifft, auf unseren Verbindungsmann auf Lepso...«

»Den dicken Cossel Macishka etwa? War einmal mein Partner«, hakte der Aktivatorträger ein. »Guter Mann, Sir.«

»Ich kenn' nur seine Personalunterlagen.« Ich sah ein, daß wir zu warten hatten. »Eine innere Stimme sagt mir, daß wir an der Schwelle gewaltigen Ärgers stehen. Was immer passiert – es kommt kaum überraschend. Zu viele USO-Stationen, Verbindungsleute, Freihändler, SolAb-Agenten und andere halten Augen und Ohren offen. Das war's für heute, meine Herren.«

Sie salutierten und verließen den Raum. Ich setzte mich in den japanischen Garten, sah den Wirbeln des winzigen Wasserlaufes und den gelben Schmetterlingen auf den Gräsern zu. Zehn Minuten später, von einem heftigen Anfall von Unruhe getrieben, rief ich aus den Speichern ab, was wir alles über Lepso, Orbana und Cossel Macishka wußten.

Die dicken Finger waren unglaublich schnell und sicher. Sie schraubten die Arme an die Schultern, nieteten sie fest und zogen dünne Drähte zu den winzigen Chips. Die überproportional langen Beine wurden ebenso am Torso befestigt. Mit sattem Grinsen lehnte sich der Puppenmacher zurück und betrachtete seine kopflose Schöpfung. Sie hockte mitten auf dem Werkzeugtisch, zwischen einem Wirrwarr anderer Einzelteile und blitzendem Spezialwerkzeug.

Cossel griff mit vier Fingern in die Vertiefungen eines Steuerkästchens, schaltete die Puppe ein und bewegte die Finger. Die Puppe stand auf, stützte sich elegant ab und hob die Arme, drehte sich, stolzierte auf dem Tisch hin und her und verbeugte sich, kopflos, vor dem Puppenmacher.

»Sehr schön, sehr schön«, brummte Macishka. »Fehlt nur noch dein entzückendes Köpfchen.«

Die Puppe, etwa vierzig Zentimeter groß, setzte sich an die Tischkante und ließ die Beine baumeln. Cossel warf einen langen Blick aus dem Fenster hinter der Werkbank in die breite Nebengasse Orbanas und sah nur zwei ›unauffällige‹ Mitarbeiter des Staatlichen Wohlfahrtsdienstes, die zwischen den Läden und Verkaufsständen umherschlenderten. Er grinste und griff nach dem Kopf aus Weichplastik, überproportional groß, den er vor Stunden auf der Laseranlage vom Originalentwurf verkleinert hatte. Mit Pinsel, Airlesspritze, Kunsthaar, aus weißen Glasaugen und einem Kunststoffgebiß entstand ein leicht karikiertes Abbild von Orbanas Vizebürgermeister Horald Sy LesOrcs.

Nach dem Trocknen des Kopfes setzte Cossel den Halszapfen ein, verband den simplen Bewegungsmechanismus mit den Chips und suchte aus großen Kisten die Kleidung zusammen: Stiefel, Hosen, ein purpurnes Seidenhemd, eine weiße Jacke, Schmuckketten und eine archaische Brille ohne Gläser.

»Fertig ist das herrliche Präsent«, murmelte er und testete seine Kreation. »Eines Tages wirst du zu mir zurückgebracht, und dann werden wir klüger sein, du und ich, savvy?«

Er verpackte die Gestalt in einen länglichen Karton, faltete eine Schleife darum und schob seine auffallende Geschäftskarte unter das Band. Cossel stapfte zum raumhohen Kühlschrank, holte Flaschen heraus und mischte bernsteinfarbenen Abendwein mit Wasser in einem Zweiliterhumpen. Während er nachdachte und trank, leerte er eine große Schachtel pralinenartiger Leckerbissen, rülpste und ging schließlich hinunter in die Werkstatt über dem Marionetten-shop. Eine akonische Frau, ein junger Arkonide, zwei Lepsoter und ein einbeiniger Springer setzten Puppenkörper zusammen; alle bekannten Völker der Galaxis baumelten an Stangen quer durch den Raum. Musik dröhnte, es roch nach schmorendem Plastik und den Abgasen der Lötmaschinen.

Cossel nickte leutselig in die Runde und bewegte seinen massigen Körper die Treppe hinunter. Er lugte durch den Vorhang in den Shop hinein. Wie üblich um diese Zeit gab es nur wenige Interessenten. Die junge Tefroderin putzte die Glasflächen der funkelnden Vitrinen und arrangierte Preisschilder.

»Keine Touristen heute, Chef!«

Etwa zweihundertfünfzig Marionetten in farbenfroher Kleidung repräsentierten hinter Glas und in effektvoller Beleuchtung einfache Raumfahrer und karikierte Würdenträger; in jedem Fall waren die Charakteristika scharf betont. Cossel zuckte mit den Schultern.

»Kommen sie heute nicht, kommen sie morgen. Nur Mut, Kleine. Savvy.«

Er grinste die unentschlossenen Käufer an, quetschte sich durch die Tür und walzte wie ein Haluter die Gasse entlang, vorbei an offenen Türen und Besuchern unter Sonnenschirmen. Vor den Mitgliedern des Geheimdienstes blieb er stehen, stemmte die Fäuste in die Hüften und brummte:

»Ihr Väter der Trägheit! Beneidenswerte Arbeit, die ihr habt. Wenn ihr schon nicht Taschendiebe verfolgt – könnt ihr wenigstens Antworten geben, savvy? Oder hat Jammun eure Lippen versiegelt?«

»Was willst du wissen, Dicker?«

»Dreierlei. Ich habe ein feines Geschenk für LesOrcs: ein herziges Püppchen. Am Raumhafen hab' ich gehört, daß ein kostbares Bild, von Böslingen gestohlen, angeboten wird.« Er breitete in entschuldigender Geste die mächtigen Arme aus. »Ich kenne die eine oder andere Versicherung, und deswegen weiß ich, daß sie erhebliche Summen springen lassen, um die TRONCA-Beute zurückzukaufen. Könnt ihr mir ein Stündchen Zeit beim Großen Jammun verschaffen?«

»Wir werden nachfragen. Woher weißt du...?«

»Die Bierbuden am Raumhafen sind voller Gerüchte. Und jeder Typ in der Galaxis kennt ›Die Raumfahrer‹. Wenn ihr mir helft, mach' ich euch eine schöne Marionette. Mit euren Gesichtern, obwohl ihr damit nur die Leute erschreckt. Savvy?«

»Immer einen flotten Spruch auf Lager, Cossel, wie?«

»Klar. Laßt euch im Pub ein Bier zapfen. Soll anschreiben, auf meine Rechnung. Ein Bier für jeden, ja, nicht ein Faß!«

Er schlug ihnen mit dröhnendem Lachen auf die Schultern. Die Staatlichen Wohlfahrtsdienstler gingen in die Knie. Cossel wechselte auf die andere Straßenseite hinüber, schob sich in den dunklen Pub und setzte sich auf zwei Hocker. Der Wirt, ein narbiger Überschwerer, stellte wortlos einen Krug vor Cossel hin; weißer Schaum tropfte auf die Steinplatte, in der sich die staubbedeckte Etruser-Marionette schwach spiegelte.

Spät nachts zog Cossel Macishka die schweren Vorhänge vor die Scheiben und hob die drei Marionetten, die heute zur Kundendienst-Überprüfung geliefert worden waren, aus den Schachteln und schloß sie nacheinander an ein Testgerät an.

Der Speicher des Gerätes füllte sich; winzige Mikrophone hatten Schallschwingungen – Geräusche und Worte – aufgefangen und die Informationen in Leerblöcke der Steuerchips nach einem willkürlichen Muster verteilt. Cossels getarntes Gerät leerte die Speicher. Eine zweite Leitung lud die kleinen Energiespeicher der Marionetten auf. Zwei Puppen, die man wichtigen Beamten geschenkt hatte, besaßen mikroskopisch kleine Linsen. Wenn das Licht der Umgebung eine bestimmte Helligkeit unterschritt, schaltete eine optische Zelle ab; sonst wurden alle zwanzig Sekunden zweidimensionale Photos angefertigt und gespeichert.

Ein Verzerrer hatte die Bytes-Kombinationen verteilt, ein Entzerrer fügte sie wieder zusammen. Abhören oder Entdekkung erschienen unmöglich, selbst mit höchstwertigen Geräten. Cossel arbeitete, wie immer, schnell und gewissenhaft, ölte einige Gelenke mit winzigen Tropfen, säuberte oder ersetzte Kleidungsstücke und entstaubte die Puppen, frischte hier die Farbe auf, ersetzte dort Haare oder Prunkknöpfe, und als er die Marionetten in neu gefaltete Schachteln bettete, strahlten sie wie neu.

»Wie lange wird wohl dieses pfiffige Verfahren unentdeckt bleiben?« flüsterte Cossel, stapelte die Kartons auf den Platz für den Boten und ging gähnend ins Schlafzimmer. Er streckte sich auf der monströsen Matratze aus, schob die Kopfhörer über die Ohren und schaltete das Licht aus.

Verschiedene Stimmen in unterschiedlichen Sprachen und Dialekten flüsterten und redeten auf ihn ein. Er verstand das meiste, vertiefte sein Wissen über die Geheimnisse der Welt Lepso, dem Dorado von Schmugglern, Schiebern und Verbrechern. Noch immer wußte er nicht genau, ob die Korruption von der Staatsspitze, dem Thakan, abwärts oder von der Basis aufwärts wucherte; er überspielte die gerafften Texte in einen gebraucht aussehenden Chip, den er zu den übrigen schwarzen Würfeln warf. Die Chips schickte er an die Herstellerfirma zurück, als fehlerhafte, unbrauchbare Ware. Dort wurden die Informationen herausgefiltert und, gesammelt und geordnet, an die USO weitergefunkt.

Ich blinzelte, rieb meine Augen und schaltete Bild- und Tonwiedergabe ab. Wohltuende Stille breitete sich aus. Ich ging ins Gesundheitscenter, schwamm ein paar Runden und aß in einer der Messen. In einigen Sektoren des Mondes schalteten sich die Anlagen auf Nachtbetrieb. Als ich wieder an meinem Arbeitsplatz saß, eine Schale lauwarmen Tee vor mir, schob ich die Informationskassette des Dagor-Altmeisters in den Abspielschacht. Ich tippte Namen und Koordinaten der drei Piratenwelten und die Diagramme der betreffenden Sonnen ein, vernichtete Zoltrals handgeschriebene Karten und entschied mich schließlich dazu, meine Vorhaben noch einmal zu überschlafen.

Puppenmacher Cossel Macishka kletterte ächzend aus dem Heißwasser-Sprudelbecken, der letzten Station seines wöchentlichen Versuchs, das Altern, den körperlichen Verfall und das Nachlassen der Kräfte aufzuschieben. Er schlang das Badetuch um den Bauch, tappte in die Massagekabine und unterwarf sich der Folter der Maschinen, des Öls und der verschiedenen Schwingungen. Schließlich ließ er sich, zwar erschöpft und todmüde, aber scheinbar um Jahre jünger, von der Tefroderin das Haar schneiden, rasieren, pedi- und maniküren. Schweigend und schnell hantierte die junge Frau mit summenden Geräten sowie aromatischen Pasten und Wässerchen. Macishkas Gedanken kamen zur Ruhe.

Die Tefroder, sagte er sich, *auch sie sind Gescheiterte und Gestrandete der Invasion. Niemand kennt die Zahl; auf vielen Planeten gibt es eine Handvoll der Entwurzelten. Hier auf Lepso werden viele durch Dienstleistungen reich: Man schätzt ihre Zuverlässigkeit. Eigentlich tun sie mir leid.*

Der Puppenmacher ahnte, daß sich in den nächsten Tagen ein Ereignis anbahnte, das auch für die Hauptstadt Orbana, in der Geld in bedenkenlosen Mengen den Besitzer wechselte, eine kleine Sensation bedeutete. Die Sicherheitsleute von *Irreguläre Systeme* (IS) bereiteten schon seit zwei Tagen den Konferenzsaal des Goldlake-Resort vor und installierten umfangreiche technische Einrichtungen. Etwa dreihundert der teuersten Hotel-Apartments der Stadt waren für jeweils drei Tage ausgebucht. Es war etwas im Gange. Was? Er wußte es noch nicht und zuckte zusammen, schreckte aus dem Halbschlaf auf, als die Tefroderin ihm ein Haar aus der rechten Braue riß.

»Danke«, brummte er. »Hab' schon halb geschlafen. Fertig?«

»In fünf Minuten, Puppenmacher. Haben Sie's heute eilig?«

»Nicht im mindesten. Arbeiten Sie auch bei der Konferenz, im Goldlake-Resort?«

»Ich arbeite mit dem Hotel zusammen. Sie rufen mich, wenn sie mich brauchen«, sagte die Tefroderin und sprühte eisigkaltes Nebelgel auf Macishkas Gesicht. »Ist aber keine Konferenz.«

»Sondern?« fragte Macishka schläfrig.

»Eine Versteigerung. Die Leute kommen aus allen Teilen der Galaxis. Was sie anbieten... fragen Sie mich nicht. Keine Ahnung. Sind Sie zufrieden?«

»Wie immer«, sagte der Puppenmacher und erkannte sich im Spiegel wieder. »Das Entgelt für Ihre hingebungsvolle Arbeit bringe ich, wenn ich angezogen bin.«

»Wie immer.« Sie lächelte kurz. »Wieder in dreißig Tagen?«

Er nickte und wartete, bis der Sessel wieder hochklappte, legte frische Kleidung an und rief einen Gleiter, der ihn nach Hause flog. Umgeben von Entwürfen, halbfertigen und fertigen Köpfen, kopflosen Skeletten und Rümpfen seiner schweigenden Geschöpfe tätigte er etwa ein Dutzend Interkomanrufe und hatte endlich, was er brauchte: Er durfte den Konferenzsaal in Begleitung eines *Irreguläre-Systeme*-Wächters vor Beginn der Ausstellung betreten.

Cossel Macishkas Gleiter hielt neben dem gepanzerten Schwebegerät mit den martialischen Zeichen der IS. Der Puppenmacher sah sich um. Rund um den prächtigen Pavillon erstreckte sich, von wenigen Baum- und Buschgruppen unterbrochen, eine leere, leicht hügelige Rasenfläche. Männer der IS bauten Projektoren auf, legten Kabelstränge und justierten kleine Energiegeschütze. Cossel näherte sich mit halb erhobenen Händen der Doppelwache vor dem Eingang und begrüßte sie mit breitem Grinsen:

»Nicht ohne Anruf schießen, Kameraden. Ich bin mit Nyo Caldaira verabredet. Ist er drin?«

»Moment. Name?«

Die Männer waren schwer bewaffnet, trugen Helme und strahlensichere Brustpanzer. Während Cossel sprach, bog ein Mann das Mikrophon an seine Lippen, redete, nickte zweimal und sagte:

»Ich bring' Sie hinein, Macishka. Folgen Sie mir.«

Cossel trottete hinter dem Bewaffneten, dessen Schritte auf dem Granitboden klirrten, durch breite Korridore, an einigen Sperren aus schwarzen Energieschirmen und aufgemauerten Basaltwänden vorbei und auf die Stufen zum Konferenzsaal zu. Überall wurden Scheinwerfer und Kontrollkioske installiert; mindestens drei Dutzend Techniker von IS arbeiteten und verständigten sich über Funkgeräte. Ein schwerer Bohrer dröhnte. Das Podium an der gläsernen Rückwand der Halle war ebenfalls von undurchsichtigen Paraventenergien umgeben. Caldaira, ein schmächtiger Springer, streckte den Arm aus.

»Was interessiert dich so, Nachbar?« sagte er. Cossel schüttelte vorsichtig die Hand des anderen und hob die Schultern. »Willst du mitsteigern?«

»Ich weiß nicht mal, daß hier 'ne Versteigerung ablaufen soll«, sagte Cossel. »Darfst du mir zeigen, um was es geht?«

»Wenn du ausnahmsweise deine Geschwätzigkeit vergißt.«

»Ich? Geschwätzig?« Cossel riß entrüstet die Arme in die Höhe. »Die fleischgewordene Verschwiegenheit bin ich, weißt du doch, Nachbar.«

»Komm schon.«

Der Springer schaltete eine Batterie Scheinwerfer ein, schaltete eine Strukturlücke im Schirm und bückte sich. Cossel ging über den weißen Teppich, blieb überrascht und geblendet stehen und keuchte.

Auf gläsernen Zylinderabschnitten und unterschiedlich hohen Kuben standen etwa hundertzwanzig Hologramme. Vier große Tafeln hoben sich scharf gegen den dunklen Schirm ab; sie standen nebeneinander im Hintergrund. Cossel brauchte erst gar nicht nachzudenken und erkannte schlagartig, worum es sich handelte. Er flüsterte erschrokken:

»Das ganze Zeug aus der WENCEL VON TRONCA! Und du mußt es bewachen?«

»Die Originale kommen während der Versteigerung«, sagte Caldaira halblaut. »Niemand weiß genau, wann. Wir kennen auch den Auftraggeber nicht. Logisch, daß es ein Mittelsmann der Starbuccaneers ist. Die Holos können gestohlen werden, aber wir proben mit ihnen.«

Cossel nickte und wanderte schweigend zwischen den dreidimensional leuchtenden Ausstellungsstücken umher.

Er bewunderte das plophosische Sternendiadem, die herrlichen Bilder, die unzähligen Ringe, Halsketten, Schmuckstücke und Wertgegenstände; einige waren uralt und stammten aus schon vergessenen Kulturen der Erde und fremder Planeten. Kopfschüttelnd sagte der Puppenmacher:

»Was die Leute alles auf interstellaren Rundreisen mit sich herumschleppen!« Er ging auf Caldaira zu, der ebenfalls beeindruckt war und *Die Raumfahrer* von *Leonardo Darc Megahertz* anstarrte. »Danke dir, Nachbar. Ich hab' genug gesehen. Für mich ein paar Lichtjahre zu fern. Ich könnte mir nicht mal eine billige Ringuhr leisten.«

»Ich bring' dich hinaus. Sonst bekommen wir echten Ärger«, sagte Caldaira und griff nach Cossels Oberarm. Die Scheinwerfer erloschen, die Hologramme glühten geheimnisvoll, die Strukturlücke schloß sich lautlos. »Ein bestimmtes Interesse an der Sache, Puppenmacher?«

Cossel zog die Schultern hoch und machte bedeutungsvolle Gesten. In der Mitte des Korridors, neben zwei halbmontierten kleinen Materialtransmittern, stieß er ein meckerndes Lachen aus und sagte: »Es mag sein, daß mich jemand darauf anspricht. Oder mir fällt jemand ein, der mitsteigern will. Dann krieg ich eine – wie üblich nichtssagende – Prämie. Vielleicht. Alles klar, Herr Nachbar?«

»Fast alles, Cossel. Viel Glück mit deinen steinreichen Freunden!« Der Springer kicherte und nickte den beiden Wachen beruhigend zu. Er wartete, bis Macishkas zerbeulter Gleiter gedreht hatte und der Puppenmacher winkend davonschwebte.

Cossels Gedanken und Überlegungen überschlugen sich. Er war etwas ruhiger geworden, als er sich wieder in der fragwürdigen Sicherheit seiner Werkstatt befand.

Je offener, und für Ehret Jammums Leute leicht zu beobachten, er sein Gewerbe betrieb, desto schwieriger wurde es, ihn zu enttarnen. Der Spezialist dachte angestrengt nach, während er an einem Puppenkopf arbeitete: die Zeit drängte. Die Meldung mußte schnellstmöglich an die USO abgesetzt werden, und die verschlungenen Wege, die seine Informationen sonst gingen, schienen ihm jetzt viel zu langsam zu sein. Waren die reichen und enthusiastischen Bieter erst einmal versammelt und die Originale in ihren Händen, gab es kaum eine Chance, sie jemals wiederzufinden. Die Wachen von *Irreguläre Systeme* ließen vermutlich nicht einmal den Geheimdienstchef passieren, wenn er keine Einladung hatte.

Schließlich entschloß sich Cossel Macishka zu einem gewagten Manöver. Sein Handlungsspielraum war eingeengt, und er mußte das Beste daraus machen. Er tippte einen Text in den Sprachcomputer, ließ die Maschine den Funkspruch auf ein Raffercodeband sprechen und verschlüsseln, speiste die Information in ein tragbares Minifunkgerät ein und löschte bis auf diesen Impuls sämtliche Informationen. Spät nachts fuhr er zum Raumhafen Kouchella und sendete, während er mit einer Raumschiffbesatzung einige Biere verzockte, den Impuls. Eine Funkanlage, vor Urzeiten irgendwo im Hügelland vergraben, empfing den ultrakurzen Impuls, schaltete den Sender ein und strahlte die Nachricht innerhalb der nächsten zwei Stunden dreimal ab. Cossel zahlte die Wettschuld und fuhr zurück; er hatte nicht mehr tun können.

Zu einem Zeitpunkt, der alle geladenen potentiellen Bieter überraschte – kurz nach Mitternacht, am dritten Tag ihres Aufenthalts –, wurden sie in deutlich abgestuften Zeitabständen angerufen und eingeladen. In Dreiminuten-Intervallen hielten die Gleiter, aus allen Richtungen herangeschwebt, zwischen der Doppelreihe bewaffneter Wächter. Die Insassen wurden von 15 Männern in den Saal eskortiert. Wächter und Angestellte des Konferenzzentrums trugen unauffällige Zivilkleidung und hielten sich im Hintergrund, während immer mehr Gäste, die Geldköfferchen in den Händen, zwischen den Hologrammen umherwanderten und sich Notizen machten. Die Sessel im Saal und das Podium abseits der Exponate auf der Bühne blieben vorläufig noch leer. Dünne Gesichtsmasken wurden angeboten; der Hinweis darauf, daß Teile der Versteigerung vom Planetaren Fernsehen aufgenommen wurden, veranlaßte etwa die Hälfte der Gäste, die Masken anzulegen. Die leise Musik schwieg plötzlich, eine Frauenstimme sagte:

»Die Versteigerung, meine Damen und Herren, verläuft nach folgendem Schema, das jedem Beteiligten ein Höchstmaß an Schutz, Sicherheit und Anonymität gewährleistet: Wir versteigern die Exponate, die bis zum Ende des gesellschaftlichen Ereignisses nur durch ihre holografischen Abbilder vertreten sind.« Die Musik ertönte wieder, Gläser klirrten, Kellnerinnen trugen Tabletts mit gefüllten Gläsern hin und her; es begann nach schwerem Parfüm und verschiedenen Rauschdrogen zu riechen. »Nach Entrichten der Summe und den bekannten Aufschlägen für den Auktionator und die planetare Steuer erhält jeder Gast sein ersteigertes Hologramm, das er beim Verlassen des Saales gegen das Original austauschen oder zusätzlich zum Original mitnehmen kann, gegen geringes Entgelt. Im Garderobensaal stehen unauffällige Verpackungen und dienstfertiges Personal bereit. Die Auktion beginnt in präzise zwanzig Minuten, zugleich werden die Kameras eingeschaltet. Die Bar befindet sich links hinter der dreifachen Säulenkombination. Wir danken Ihnen und wünschen ein paar vergnügliche, spannende Stunden.«

Als sich der Auktionator, der Chef einer bekannten lepsotischen Firma, seinem Podium näherte, hielten ihn drei Terraner und ein Arkonide auf und sprachen leise auf ihn ein. Andere Gäste konnten den aufgeregten Gesten entnehmen, daß der Auktionator die Vorschläge der Vier abzulehnen schien; sie nahmen an verschiedenen Stellen, maskiert, zwischen anderen Eingeladenen Platz.

Pünktlich fing die Auktion an, und während hundertzwanzig Minuten verwandelte sich der Konferenzsaal mehr und mehr in eine Art Tollhaus, in dem alle Vorgänge zwar erbittert, aber leise abliefen. Neun Frauen und Männer ersteigerten, jeden anderen Bieter in langen Wortgefechten überbietend, ausnahmslos sämtliche Exponate.

In einem Nebenraum der Bar wurde von IS-Leuten, noch während im Saal von großen Summen die Rede war, ein zweiter Transmitter aufgebaut und angeschlossen.

Nacheinander kamen einzelne Gäste – die eigentlich nur an den Hologrammen zu unterscheiden waren, die ihnen gehörten – in den Vorraum. Die Lepso-Transmitter spien nacheinander Kunst- und Wertgegenstände aus, die nach genauem Vergleich dem neuen Eigentümer übergeben wurden.

Dreißig Schritt entfernt flammte der fremde Materialtransmitter auf. Originale und Hologramme wurden einem Helfer übergeben und verschwanden auf die gewohnte Weise. Ab und zu kam ein enttäuschter Bieter vorbei, sah dem schweigenden Treiben zu und riß sich, als er aus dem Bereich der Kameras war, die Maske vom wütenden oder enttäuschten Gesicht. Wieder näherten sich Gleiter; ein Gast nach dem anderen flog in sein Hotel zurück. Zuletzt kamen die vier Bilder aus dem Transmitter, wurden an die Hologrammtafeln geheftet und verschwanden.

Die Kolonne der gepanzerten Gleiter von *Irreguläre Systeme* eskortierte den Auktionator, nachdem in Anwesenheit eines Regierungsvertreters die Lepso-Gebühren abgerechnet worden waren und das Auktionshaus Omnium, Rechtschaffer und Partner elf Prozent der Summe abgezogen hatte, zum Raumhafen. Der Konvoi schwebte zu einem abseits gelandeten, grauen Schiff. In der Schleuse wurden die schweren Geldtruhen an Männer in grauen Raumanzügen übergeben; später schloß sich die Schleuse, das Schiff startete und verschwand zwischen den Sternen über Lepso. Erst am darauffolgenden Tag wurden längere Mitschnitte der Auktion in den Mittagsnachrichten gesendet.

Cossel Macishka übertrug die wichtigsten Szenen von seinem TV-Interkom und schickte sie mit seiner nächsten Lieferung schadhaften Speicherchip-Materials zurück zum Hersteller.

4.

»AN ALLE STATIONEN, SPEZIALISTEN UND MITARBEITER: Das Gift Starwynd, das beim Überfall auf die WENCEL VON TRONCA verwendet wurde, eine chemisch erzeugte Substanz, kann nur in hervorragend ausgerüsteten Laboratorien hergestellt

werden. Als Herstellungsort wurde der ehemalige Tourismusplanet Zirkon recherchiert; dort das wenig besiedelte nördliche Hinterland der Stadt Rajpat. Mit höchster Wahrscheinlichkeit gibt es keine andere Produktionsstätte. Im Zug der Ermittlungen wurden drei Mitarbeiter schwer verletzt und zwei Rauschgiftschmuggler gefangengenommen. Beim Verhör starben sie durch Herzstillstand und einen Brandsatz im Schädelinneren. Unter der Zunge trugen die Gefangenen die schon bekannte Hydra-Tätowierung. Produktionsstätte und mehrere Versandwege stehen unter Dauerbeobachtung...«

»Vergewissern Sie sich, Ronald, daß an der Spitze der Zirkon-Regierung unbestechliche Leute stehen. Verständigen Sie die Solare Abwehr. Stellen Sie sicher, daß jeder weitere Transport abgefangen und dessen Empfänger festgenommen werden.« Wir starrten auf die detaillierten Aufnahmen aus dem großen Totenschiff. »Diese Fabrik wird dem Erdboden gleichgemacht, die Gifthersteller müssen verhaftet werden. Ich will, daß kein Gramm von diesem verdammten Starwynd je wieder zwischen den Planeten auftaucht. Habe ich mich klar ausgedrückt, USO-Spezialist?«

Ronald Tekener nickte, ohne die Blicke von den Bildern des Todes im Touristenschiff zu nehmen. Wir schwiegen einige Minuten. Er sagte halblaut:

»Unser Kommando hat hervorragend ermittelt und gearbeitet. Ab morgen früh stelle ich eine Einsatzgruppe zusammen, Sir.«

»Einverstanden, Smiler. Sie haben Generalvollmacht. Ich muß wissen, wie das Teufelszeug zu den Starbuccaneers gelangt. Diese Information ist noch wichtiger als die Zerstörung der Fabrik. Gehen Sie so diskret wie möglich zu Werke.«

Er grinste kalt und griff nach der Dienstwaffe.

»Sie können sich auf mich und mein Team verlassen, Sir.«

Ich zeigte auf Sinclair Marout Kennon und sagte: »Ich nehme einige Informationen vorweg: Ein Fragmentraumer voller Posbi-Roboter mit einem gehörigen Vorrat Zellplasma ist auf dem Flug hierher. Ein Teil des Plasmas ist für Sie gedacht, Sinclair. Ich kenne Ihr Problem, Spezialist, und ich empfinde Ihre Verzweiflung mit. Aber je perfekter Ihr neuer Körper funktioniert, je ›menschenähnlicher‹ er wird, desto besser werden Sie leben können. Akzeptiert?«

Kennon nickte langsam. Es war nicht zu erkennen, ob er sich freute oder Erleichterung spürte. Halblaut gab er zur Antwort:

»Akzeptiert. Ich kann mich Ihrem Optimismus in dieser Angelegenheit aber nicht anschließen, Lordadmiral.«

Ronald Tekener legte seine Hand auf Kennons Schulter. »Wir werden es schon irgendwie schaffen, Kumpel«, sagte er. »Denken Sie an die Blutspur der Buccaneers, Sir?«

Ich nickte. Wir saßen im japanischen Ziergarten und sahen dem sprudelnden Wasser zwischen schwarzen Steinen, Binsen und Kieseln zu. Mit einem Teil meiner Überlegungen war ich fertig. Ich sagte entschlossen:

»Je früher wir diese Piraten stoppen, desto sicherer werden die galaktischen Verkehrswege. Ich höre von alarmierenden Ängsten und Umsatzeinbußen aller Transportagenturen und der Tramphändler.«

»Weiß ich.« Tekener blickte mich lauernd an. »Soll etwas wegen der sogenannten Piraten-Planeten unternommen werden?«

Ich grinste, deutete auf meine Brust und sagte kühl:

»Nein. Das Problem bleibt Chefsache.«

»Verstanden.«

Ich gab keine Antwort mehr und sah ihnen nach, wie sie das Büro durchquerten und durch den Schottrahmen marschierten. Es war, als verließen mich wieder einmal gute Freunde.

15. August 2430: Seit Tagen herrschte, was alarmierende Nachrichten aus den vielen USO-Stationen betraf, geradezu verdächtige Stille. Quinto-Center zog seine geheime Bahn durch den leeren Kosmos. 28 444 Lichtjahre von Terra und 10 113 Lichtjahre vom Kugelsternhaufen M 13 entfernt. Die Organisation schaffte es, viele anstehende Probleme aufzuarbeiten. Überstunden wurden abgebaut, viele Spezialisten

beiderlei Geschlechts nahmen Urlaub. Ich stand vor der Tafel aus polierter Bronze, die ein Relief Nike Quintos zeigte, sein Geburts- und Todesdatum; eine Kunstglasplatte, in der ein Hologramm eingegossen war.

Mein Minikom summte laut: Rot-Alarm. Ich rannte auf dem kürzesten Weg zurück in meine Arbeitsräume und aktivierte den Interkom.

Das Bild blendete in einen Transmitterraum. Da jede ausgebaute USO-Station mit dem Center durch ausfallsichere Transmitter verbunden war, wunderte es mich nicht, daß ich nach wenigen Sekunden den Spezialisten Asics Newlife erkannte, allerdings taumelnd und blutüberströmt, mit angesengter Kleidung. Er riß den Arm in die Höhe und brüllte:

»Ich muß zum Lordadmiral... die Mistkerle haben auf Bigwood zugeschlagen...«

Ich drückte auf eine Leuchtfläche. Im Transmitter-Vorraum hörten sie aus den Lautsprechern meinen Befehl.

»Versorgt Spezialist Asics und bringt ihn zu mir. Ich warte auf Sie, Newlife. Es ist alles in Ordnung. Ich ahne, was Sie gesehen haben. In einer halben Stunde in meinem Büro.«

Er taumelte auf das Bereitschaftsteam zu. Mit blinkenden Lichtern schwebte ein Medorobot herein. Ich lehnte mich zurück und wußte, daß der Tag übel enden würde. Asics Newlife, Senoclypte-Zögling, ehemaliger Sklave, Sklavennummer M21 019-F, inzwischen knapp siebenundfünfzig Jahre alt, leitete seit Monaten die Station auf Bigwood. Zwei Angehörige des Medoteams warteten, bis Asics schwankend vor mir in den Sessel fiel.

»Sir! Die Starbuccaneers. Irgendwoher hatten sie die Koordinaten unserer Welt. Und vor fünf Tagen hat die LE BEAU NAVIRE fünfzig Touristen ausgeladen. Wir waren gerade dabei, eine Lichtung freizulegen und das Holz... jedenfalls waren die meisten nicht an Bord. Ich hab' zufällig einen Recorder in der Hand gehabt. Hier, die Aufnahmen.«

Ich schob die handgroße Kassette in den Abspielschacht. Das Bild baute sich auf und zeigte einen 500-Meter-Kugelraumer, dessen Landeteller im Ebbewatt und in den Dünen standen, gut zweitausend Meter von den fünfstöckigen

Hausbauten aus Holz entfernt. Sonnenstrahlen funkelten von den goldfarbenen Buchstaben des Namens.

Drei funkelnde Raumschiffe landeten, feuerten die Energiestrahler in die Dünen, in den Schlick und in riesige Stapel Schwemmholz ab. Rund um den Kreuzfahrer loderten Feuer auf, riesige Fontänen zuckten in die Luft. Gleiter und Männer in gepanzerten Raumanzügen, wild um sich schießend, enterten das Schiff und trieben die Touristen am Strand zusammen. Hypoprojektoren klappten aus den Luken der Buccaneerschiffe. Die gesamte Aktion dauerte keine dreißig Minuten, dann hatten die Starbuccaneers das Schiff und seine Passagiere geplündert, eine Gruppe von rund hundert Senoclypte-Leuten in ihre Raumschiffe getrieben und die Luken geschlossen.

»Hat sich jemand gewehrt? Verletzte? Tote?« Ich blickte in Asics dunkelbraune Augen unter dem Kopfverband.

»Nein, Sir. Meine Kameraden waren bei den Booten, beim Baukommando, bei den Holzfällern und Furnierfabriken. Es ist ein Zufall, daß niemand starb. Auch ein Zufall, daß ich es filmen konnte. Ich wollte den Passagieren ein Band liefern, zum Andenken an meine schöne Heimat.«

Ein Tastendruck fror das Bild ein. Ich sah die fantastischen Ätzarbeiten auf den Flanken der startenden Piratenschiffe. Wilder Zorn loderte in mir hoch; der Extrasinn fauchte: *Beherrschung, Arkonide. Laß die Bilder analysieren, ebenso die Aussage Newlifes. Ruhe! Du hast es ahnen müssen!*

Ich stand auf und legte die Hand auf Asics' Schulter.

»Erholen Sie sich, Spezialist. So schnell werden die Kerle nicht wiederkommen. Die Piraten sind Chefsache: Ich kümmere mich um alles. Wann fand der Überfall statt?«

Er blickte auf die Chronometerziffern. »Vor neunzig Minuten.«

Noch während der Medorobot mit Asics auf der Antigravtrage hinausschwebte, schickte ich ein Einsatzkommando nach Bigwood: Die Touristen, denen wir die schöne Senoclypte-Welt zeigen wollten, brauchten Hilfe, und die USO brauchte ihre Aussagen, um daraus wenige stichhaltige Informationen destillieren zu können.

Zweiundsiebzig Stunden danach, während in den Labors meine Ausrüstung in vielen Einzelheiten vervollkommnet wurde, standen Kennon, Tekener, Decaree und ich vor den Bildschirmen. Wir betrachteten vier Bildwerke und eine schwarzüberzogene Platte, auf der etwa hundertsiebzig Schmuckstücke lagen, jedes einzelne ein unersetzliches Kunstwerk von kaum schätzbarem Wert. Die Kameras glitten über die Einzelheiten und lieferten faszinierende Vergrößerungen. Tekener knurrte:

»Sechzig Millionen Solar. Sechzig Millionen! Homer G. Adams wird Schaum vor den Lippen haben. Die verdammten Versicherungen haben jedes einzelne Beutestück zurückgekauft! Sogar das Sternendiadem!«

»Wird Rhodans Frau freuen«, meinte Decaree wenig beeindruckt. »Das Imperium und seine Versicherungen haben damit zurückbekommen, was geraubt wurde.«

Das Diadem, ein Stirnreif unterschiedlicher Breite, ein Kunstwerk aus edelsten Metallen und Steinen, deren Schliff heute kaum bezahlbar war: uralte Handarbeit, einst bei Ausgrabungen gefunden und Teil einer Tempelstatue aus der verschollenen Vorgeschichte des Planeten Plophos, ein Symbol dieser Welt. WENCEL-VON-TRONCA-Beute. Meine Augen glitten über die Bilder längst gestorbener Mega-Künstler: *Pol Samson, Vicente Carduccio, Vermeer van Delfts* und *Leonardo Darc Megahertz*. Leise sagte Kennon:

»Woher stammen die Informationen?«

Die Abbildungen stammten aus dem Archiv Plophos' und der SolAb. Ich erwiderte:

»Vom Puppenmacher Cossel Macishka aus Orbana. Er brachte die Versicherungsagenten nach Lepso und lieferte uns Bilder von Mittelsmännern oder, wenn wir sie identifizieren könnten, wirklichen Buccaneers, Mister Tekener! In einem Monat sind Sie wieder alleinverantwortlich und deswegen erheblich frustriert.«

Der Spezialist mit den Lashatnarben auf den Wangen ließ wirkliche Überraschung erkennen. Ich setzte mich, blickte von Decaree zu Kennon und murmelte:

»Die Buccaneers, Chefsache, wie inzwischen jedermann

weiß, verdienen meine ungeteilte Aufmerksamkeit. Der Überfall auf Bigwood war, obwohl es die Piraten kaum ahnen konnten, eine persönliche Herausforderung gegen mich. Ich warte nur noch auf ein Dutzend Informationsblökke, dann entscheide ich mich.«

»Obwohl ich jede Einzelheit über die Zorkon-Mission berichtet habe? Wir haben gründlich aufgeräumt.«

»Noch sind alle Spuren, Hinweise, Überlegungen, Wahrscheinlichkeiten und Extrapolationen nicht mehr als straff gespannte Fäden.« Tekener strahlte, ausschließlich für mich, mehr Wissen und Kompetenz aus als viele andere Spezialisten zusammengenommen.

»Entschuldigung, Kumpel.«

Er grinste Kennon an, der ihn mißtrauisch und – wie es schien – etwas abschätzig anstarrte. »Immerhin ist es ein Trost, daß die Kunstwerke nicht beschädigt sind, obwohl die Anzahl der Opfer jedes Maß der Verträglichkeit weit übersteigt. Ich würde unserem verehrten Chef ebenfalls raten, noch zu warten: Ungerüstet und unvorbereitet ist schon manch guter Mann in Fallen geraten und hat elend geendet.«

Ich knurrte: »Beides beabsichtige ich nicht. Er hat recht, Tek.«

LE BEAU NAVIRE hatte Bigwood, von der USO so gut wie möglich versorgt, verlassen. Die Buccaneers waren verschwunden. Lepso hatte nur als unantastbare Plattform gedient, auf der Bilder und Beute gegen Bargeld ausgetauscht worden waren. Tekeners Aktion auf Zirkon war beendet: die Details des Einsatzes wurden gerade aufbereitet.

In all der ungeordneten Entwicklung fehlte mir noch der eine oder andere entscheidende Hinweis; ich wußte nicht, welcher Art er sein mußte. Immerhin versuchten meine Mitarbeiter herauszufinden, wie ein ›normaler‹ Reisender, ohne ungebührliches Aufsehen zu erregen, nach Rootsag, Reeniar oder Cataphyl kommen konnte, den Welten, von denen die Buccaneers stammten.

Ich wandte mich an die anderen und sagte leise:

»Alles klar? Tekener – mit Ihnen hätte ich gern noch ein

paar Worte über die Vertretung gewechselt. Keine Sorge, Kennon: Ich bleibe noch eine Weile hier.«

»Ich habe jede Minute des Einsatzes auf Zirkon genossen. Richtige Luft, ehrliche Schwerkraft, eine Welt voller Leute, Biester und Pflanzen; war richtig spannend und erholsam«, sagte der Smiler. Kennon zog sich zurück. »Ein paar Tage halt' ich's auf Ihrem Stuhl aus, Sir.«

»Zumal es keine Alternative dazu gibt.« Ich erwiderte seinen Gruß und wartete, bis Tekener mir gegenübersaß. Er wartete einige Sekunden lang und sagte:

»Sie haben vom Dagor-Altmeister etwas erfahren, alles, was Sie über die Starbuccaneers wissen, hinzugefügt, ärgern sich über deren verbrecherische Dreistigkeit und sind entschlossen, sich wie ein Virus in ihre Reihen einzuschleichen?«

»Genauso habe ich es vor. Allein, Tekener.«

Ich sah das verräterische Funkeln in seinen Augen und wußte, daß er am liebsten morgen mit mir losgezogen wäre. Aber er wurde hier dringender gebraucht; zusammen mit Kennon würde er mich einwandfrei vertreten können. Ich sagte beschwichtigend:

»Die Herzöge und Landvögte auf den Buccaneer-Planeten haben nur Raumschiffe, Transmitter, wirre Ehrenkodizes und Energiewaffen. Gleichzeitig scheint dort eine halbwegs mittelalterliche Hierarchie zu herrschen, und ein Kastensystem. Hier, in Quinto-Center, sind Ihre Talente viel notwendiger gefordert.«

Er zuckte, scheinbar gleichgültig, mit den Schultern. Ich schwenkte meinen Sessel hinüber zum Terminal und legte die Finger auf die Schaltung. Ich rief eine weitere Information aus dem Zirkon-Einsatz ab. Sie stammte vom Spezialisten Vence Stalmaster, der als harmloser Besucher und Vorhut der Tekener-Teams in Rajpat gelandet war und gut getarnt den Einsatz vorbereitet hatte. Die Bilder zeigten einen sprudelnden Brunnen, einige Säulen und eine Treppe, auf der ein alter, verwahrloster Mann von bemerkenswerter Häßlichkeit saß. Überdies war er sehr ungepflegt. Vence, unrasiert und in ausgebeultem blauen Leinenanzug, kühlte Handgelenke und Gesicht im Wasserstrahl und schaltete plötzlich den Ton zu. Ich hörte:

»He, Kumpel, hast du einen halben Solar für 'nen alten Piraten, den sie ausgemustert ham?«

Langsam drehte sich Stalmaster herum. Weißes, verfilztes Haar und ein ebensolcher fransiger Bart umrahmten ein sonnenverbranntes, schmutziges Gesicht. Gelbe Zahnruinen zeigten sich, als der Alte ein krächzendes Kichern ausstieß.

»Du, Kumpel? Pirat?« Vence suchte nach einer Münze, zog eine Bierdose aus der Jackentasche, riß sie auf und gab sie nach einem langen Schluck dem häßlichen Greis.

»Na klar. Urgroßvater starker Piraten.«

Er leerte die Büchse und kicherte.

»Du machst nicht gerade einen blutdürstigen Eindruck, Alter. In welchem Hinterhof treibt ihr euer Unwesen?«

»Noch nie was von Bruno Vaho Riordan gehört?«

»Ehrlich gestanden: nein.« Vence öffnete die zweite Dose. »Schlächter im Weltall? Richtige, schlimme Piraten? Urvater der Space Vikings, wie?«

»Keine Blutsäufer wie die Buccaneers mit ihren dreißig bunten Schiffchen, nein. Keine Spur! Mehr mit dem Kopf und guten Astrogatoren. Ham nie Steuern gezahlt. Ach – sollen die Jungen weitermachen. Ich hab' ihnen mein Schiff gelassen, Söhnchen. Aber: Piraten nennen sie sich auch, meine Söhne, und besonders die starrsinnigen Töchter. Haste noch'n Schluck? Und 'n Solar?«

»Na klar, Opa Riordan.« Vence gab ihm beides. Sein Gesicht sah ich nicht; wahrscheinlich war es bleich und wie versteinert.

Ich wußte, was mich an dieser Szene so faszinierte, daß ich sie mir schon zum drittenmal ansah. Der Alte gehörte sicher nicht zu den Dreißig-Schiffe-Buccaneers; sie würden niemanden zurücklassen, der etwas ausplaudern konnte. Die weitere Befragung durch Stalmaster brachte einige erstaunliche Einzelheiten heraus: Die sogenannten Piraten – Schmuggler, Diebe, Raumfahrer mit abstrusem Ehrenkodex und losen Sitten – kannten diese neuen Händler und deren Versuch, sich zusammenzuschließen, hatten Starwynd-Rauschgift von Zirkon transportiert und waren letzten Endes ein Fall für Planetare Polizei oder SolAb. Drei Tips, die Stalmaster aus der trunkenen Erzählung des schmutzigen Greises herausfragte, hatten Tekener geholfen, einen Transportweg innerhalb Rajpats zu entdecken und dessen Organisatoren festzunehmen.

Ich schaltete die Monitoren um und zwang mein photografisches Gedächtnis, alle Einzelheiten über Rootsag, Reeniar und Cataphyl zu speichern. Anschließend schwebte ich zu den Spezialwerkstätten, die meine Ausrüstung herstellten. Bis auf den Schild waren sämtliche Einzelheiten fertig. Ich breitete sie im Wohnraum aus, fing an, die Geheimfächer, Überlebenssäume und die miniaturisierten Waffen kennenzulernen und versuchte mir vorzustellen, was mich auf Rootsag erwartete, der ersten Station meines verbrecherischen Werdeganges.

Jeder Schritt war von der USO minutiös geplant. Die Tickets für Schiffsverbindungen, die sich gegen Ende der Reise zwischen Planeten spannten, deren Namen ich noch nie gehört hatte, lagen vor mir. Meine Rolle stand fest; meine Persönlichkeit, Legende, mein Aussehen... ich war bereit, mich zum ersten Punkt der langen Reise fliegen zu lassen. Dort bestieg ich zuerst einen Frachter, der auch Gäste beförderte, deren Bedürfnis an Luxus marginal war.

Das letzte Schiff eines wirren Zickzackkurses, der länger als 19 000 Lichtjahre war, ein nicht registriertes, längst ausgemustertes Trampschiff namens HARPYIE, sollte irgendwann auf Rootsag landen. Bevor ich an Bord dieser Rostkugel ging, sollte Spezialist Rave Sounder auf mich einen Mordanschlag unternehmen; schließlich war ich angeblich ein desertierender Mitarbeiter der United Stars Organisation.

Atlan, der Deserteur, sagte der Extrasinn grämlich. *Es ist unvorstellbar, mit welch grotesken Vorhaben du dein Leben mutwillig aufs Spiel setzt!*

Ich zuckte mit den Schultern und dachte an die Erzählungen des Dagor-Altmeisters. Ich war überzeugt, daß die Starbuccaneers mit dreißig Schiffen eine ebenso große Gefahr für die wirtschaftliche und politische Stabilität einer halben Milchstraße waren wie die Condos Vasac, die IV-Vecorat mit ihren Hydra-Assassinen oder einige Aktivitäten im Bannkreis der toten Meister der Insel.

Ich schloß die Augen und schüttelte die Erinnerungen ab. Ich war bereit zum Treueschwur der Starbuccaneers.

5.

Einige Stufen unterhalb der Schleuse drehte ich mich um und warf einen letzten Blick auf den Raumhafen und die Hügel, auf denen die einzige größere Siedlung von Dustaceed lag. Überall gingen die Lichter an: Fenster, Terrassen, Straßenbeleuchtung und die kreisförmige Kette der Tiefstrahler um den Raumhafen. Meine fleckigen, ausgebeulten Lederkoffer schwebten an einem Antigravelement schräg unter mir. Als Var Randa, der Erste Offizier der HARPYIE, die Schleuse betrat, feuerte der unsichtbare Mörder den ersten Blasterschuß ab. Zwischen Containern und Kistenstapeln hervor zuckten kristallweiße Strahlen peitschend zur Gangway herauf, schmolzen Teile des Geländers und verwandelten Metallstufen in knisternde Funkenregen. Ich stand sekundenlang in einer Wolke verglühender Metallpartikelchen und duckte mich.

»Vorsicht! Zurück!« schrie ich und sprang drei Stufen aufwärts. »Die haben mir einen Mörder hinterhergeschickt...«

Rave Sounder war ein Meisterschütze. Er verfolgte mich auf den vier Metern, die mich von der Schleuse und vom Schiffsrumpf trennten, mit hervorragenden Weitschüssen. Die Strahlen heulten über Kopf und Schultern hinweg und verloren sich im Nachthimmel. Ein weiterer Hochenergiestrahl schlug ins Geländer hinter mir ein. Einige Stücke der Gangway schmolzen und rauchten. Zwei Querschläger prallten von der Schiffshülle ab und zerstoben in Energiewirbeln, als ich mich in die Schleuse hineinschnellte, nach vorn überschlug und herumwirbelte. Die Gepäckstücke prallten in vollen Flug gegen meine Brust. Eine Ecke der prallen Tasche war getroffen worden und schmorte. Wir schlugen die Funken mit den Händen aus.

Ich zog den Strahler. Randa schaltete die Schleusenbeleuchtung ab. Auf dem leeren Raumhafen schien niemand auf den Schützen aufmerksam geworden zu sein. Ich kroch zur Schleusenkante, schob die Waffe um die Ecke und versuchte zu erkennen, wo sich der Attentäter versteckte. Ich glaubte, rasend schnelle Schritte zu hören. Von einer anderen Stelle aus bohrten sich drei Energiestrahlen in die Dunkelheit und trafen die Schiffshülle um die Schleuse. Ich feuerte zurück und duckte mich tief an den Bodenbelag. Hinter mir fluchte der Erste.

»Warum ist man hinter dir her, Kumpel?«

»Diese Idioten von der USO«, knurrte ich, »können es nicht verwinden, wenn jemand die Organisation verläßt. Deserteure werden eingefangen.« Wieder feuerte ich dreimal: das letzte Zeichen für den Spezialisten. »Oder man versucht, sie umzulegen. So wie jetzt.«

Endlich hörten wir den Alarm. Gleiter mit blinkenden Rotlichtern schwebten aus den Bereitschaftshallen. Ich konnte nur hoffen, daß sich Spezialist Sounder unerkannt abgesetzt hatte und kroch zurück ins rostige Innere der Schleuse. Ein Mannschaftsmitglied hatte versucht, die schlimmsten Alterserscheinungen mit unpassender Farbe zu beseitigen, und dabei die Wände noch mehr verunstaltet. Ich stand auf. Randa knurrte wütend:

»In einer halben Stunde sind wir weg. Auf dem Weg nach Rootsag, Asger.«

Ich zerrte die Gepäcktaschen ins Schiffsinnere.

»Meinetwegen schon früher, Chef. Wahrscheinlich kann ich auf Rootsag leichter überleben als auf dieser Randwelt. Kennt jemand außer uns das Ziel der HARPYIE?«

»Wenn die USO wirklich will, finden sie's heraus«, antwortete Randa. »Im Schiff bringt dich aber keiner um.«

»Wie tröstlich.«

Ich hatte weitestgehend auf das Anlegen einer Maske

verzichtet. Mein Haarschnitt war verändert, das Haar kürzer. Ein dünner Bart von den Schläfen zum Kinn, eine senkrechte dünne Narbe, die halbwegs zugewachsen war, und gekürzte Augenbrauen mußten genügen. Ich war Asger Nadier, einer von zehntausend Arkoniden, bei der USO ein Deserteur, der mitten in der Ausbildung zum Spezialisten alle Verträge einseitig gekündigt hatte. Randa brachte mich zu einer schmalen Kabine, deren Einrichtung, wie erwartet, weit entfernt von jeglichem Luxus war. Die Handtücher und die Bettwäsche sahen vertrauenswürdig aus.

»Dreimal der Alarmsummer, Asger. Abendessen in der Messe, zwei Decks höher. Bis nachher.«

»Danke. Habt ihr einen guten Mann in der Kombüse?«

»Ein mieser Koch überlebt den Job nicht lange.«

Das Schott schloß sich. Ich aktivierte Monitor und Interkom, bereitete das Bett, hängte die Kleidung und den Schild in den Einbauschrank und machte es mir so bequem wie möglich. Nachdem ich die Hygienezelle geputzt und die Löcher eines archaischen Duschkopfes mit einer Nadel von Verkrustungen befreit hatte, zog ich mich um und lauschte auf die Startgeräusche des alten Schiffes. Die Maschinen arbeiteten, wie es schien, zuverlässig. Die HARPYIE startete und machte sich auf den langen Weg nach Rootsag; Landungen auf Reniar und Cataphyl waren angeblich zur Zeit untersagt.

Dreizehn Mann Besatzung genügten, um die HARPYIE zu fliegen. Die Laderäume waren brechend voll. Ich fand den Weg zur Messe, wo ein mittelgroßer Terraner den Tisch deckte.

»Du bist der Passagier, wie?«

»Asger Nadier. Nur bis Rootsag«, sagte ich. »Dann seid ihr mich wieder los. Wohin setzt du mich?«

»Dort drüben. Rechts vom Käpten und von Randa, ich bin Yb Shumar, Navigator und Küchenmeister. Ein Bier?«

»Gern.« Ich sah mich um. Die Vorstellung, daß ein USO-Schiff in einem solch desolaten Zustand einen Planeten verließ, bereitete mir Magenschmerzen. Ich fing grinsend die Bierdose auf und lehnte mich im Stuhl zurück.

»Ein Spielchen nach dem Essen, Asger?«

»Welches, Yb?«

»Acider plus. Zehn Soli die Runde.«

»Einverstanden. Darf ich auch gewinnen? Ich bin nicht ganz schlecht beim Acider.«

»Werden wir sehen. Das Essen ist gut, denke ich.«

Dreimal hallte der Summerton durchs Schiff. Nacheinander kamen die Crewmitglieder in die Messe. Ich stellte mich allen vor: ein wilder Haufen ungepflegter Männer in mittleren Jahren. Aber offensichtlich war jeder in der Lage, die HARPYIE mit Klebeband, einem Patent-Schraubenzieher und Allzweckdichtmasse zu reparieren.

Yb brachte die erste Portion zum Kapitän in die Kommandozentrale; wir bedienten uns selbst in der Kombüse. Sie war leidlich sauber. Das Essen war nahrhaft, wohlschmeckend und bestand aus respektablen Portionen. Var Randa löste den Käpten ab, der sich gähnend ans Kopfende des langen Tisches setzte.

»Ah. Der Passagier. Die Piraten sollen Zuwachs aus den Reihen der USO bekommen? Wird dem alten Arkoniden gar nicht passen, wie, Nadier?«

»Ist mir gleich, Käpten.« Ich schüttelte die Hand des hageren Akonen mit dem glattrasierten Schädel. »Überall verdient man mehr als in diesem USO-Laden. Nichts als Lernen und Übungen.«

Der Überfall hatte sich, wie erhofft, schnell herumgesprochen. Wenn sich die Geschichte dieses Mordversuches auch auf den Piratenplaneten so schnell ausbreitete, wie es Gerüchte an sich hatten, würden alle maßgeblichen Leute dort bald wissen, was ich suchte. Wir löffelten die Nachspeise, eine Runde Schnaps und zwei Bier pro Mann wurden ausgeteilt, dann schob Kapitän Roynamo den Stuhl zurück und sagte:

»Vier Mann in die Zentrale. Der Rest hat Freiwache. Wenn ihr spielt – ich will keinen Ärger. Legt Asger nicht aufs Kreuz. Vielleicht kann er's besser. Außerdem hat er für die Passage gezahlt.«

»Verstanden, Käpten.«

Yb räumte das Geschirr in eine altertümliche Spülmaschine, die wie ein defekter Roboter knarrte, klirrte und summte. Tayeta holte einen Beutel aus der Tasche und zählte die Plättchen ab, indem er sieben Reihen zu neunzehn Farben, die Werte zum Tisch gedreht, zusammenschob. Einige der Fingernägel der Männer waren abgesplittert und hatten schwarze Ränder. Der Logiksektor sagte: *Und während ihr spielt, wird dein Gepäck untersucht, Arkonide!*

Ich hob die Schultern und nickte Yb zu, als er mir bedeutete, meine Chips auszusuchen. Ich nahm fünfzehn, drehte sie einzeln um und sah, daß ich gute Werte hatte. Tayeta warf eine Münze, und wir begannen zu spielen.

Das erste Spiel gewann Yb, er kassierte zweieinhalb Solar. Wir zahlten. Das nächste Spiel, mit haarscharfem Vorsprung, ging an mich. Vor mir stapelten sich einige Solar und viele Solimünzen. Doncare warf mir finstere Blicke zu. Ich brummte:

»Ich hab's euch gesagt. Ich bin nicht schlecht beim Acider. Wollen wir aufhören?«

»Ich will mein Geld zurückgewinnen«, meinte Tayeta grinsend. »Hol dir nachher bei mir deinen Raumanzug ab, Asger.«

»Mach' ich. Wer gibt?«

»Ich«, murmelte Doncare und mischte die Plättchen. Keiner spielte falsch, aber meine drei Partner waren gerissene Spieler. Ich kontrollierte meine Spielmarken; sie waren fast aussichtslos schlecht. Ich hob den Kopf und sagte:

»Mein letztes Spiel für heute. Bin müde, Freunde. Wenn ihr morgen für mich eine vernünftige Arbeit habt, mach ich mit. Sonst langweile ich mich zu Tode.«

»Geht in Ordnung. Fang endlich an, Asger.«

Wir spielten in schweigender Konzentration. Ich zwang die Mitspieler, zuviel zu riskieren, kesselte sie mit niedrigen Werten ein, forderte sie heraus und gewann nach neunzehn Minuten ihre Einsätze. Mir war nicht wohl bei der Überlegung, schon am ersten Tag ein Mitglied der Crew herauszufordern, aber ich spielte korrekt und dachte nicht einmal an Tricks. Ich drehte die letzten Plättchen um und zuckte mit den Schultern.

»Ihr seid besser als ich«, stöhnte ich. »Aber nicht immer. Siebenundzwanzig Solar und neunzig Soli, Raumfahrer.«

Doncare warf mir einen mißtrauischen Blick zu. Ich erwiderte ihn unbeeindruckt und bildete kleine Stapel aus meinem Gewinn.

»Können wir den Anzug holen, Tayeta?« Ich starrte Doncare an. »Jederzeit revanchebereit, Kumpel.«

»Hoff' ich doch stark!«

Aus einem unübersichtlichen Magazin suchten wir einen gebrauchten Anzug in meiner Größe heraus. Ich fand einen Werkzeugkasten, dessen Inhalt ebenso ungeordnet klirrte und klapperte. Auf dem Korridor wandte ich mich leise an Tayeta.

»Ich wiederhole, Tayeta: Ich will keinen Ärger, ich betrüge nicht beim Spielen. Hoffentlich besucht mich Doncare nicht mit einem Messer.«

»Laßt ihn ein paarmal gewinnen. Er ist tatsächlich der Beste von uns. Gewinnt sogar gegen den Chef.«

»Ich werde es mir gut merken«, sagte ich und schleppte den Anzug in meine Kabine.

Ich breitete ihn auf der Liege aus und fing an – nachdem ich das Werkzeug im gesäuberten Kasten geordnet hatte –, jede einzelne Funktion des Anzugs zu überprüfen, reinigte ihn, befestigte sämtliche Steckverbindungen und kratzte die Gewinde sauber. Die HARPYIE war längst im Hyperraum, als ich mit dem Ergebnis meiner Nachtarbeit zufrieden war und mich ausstreckte.

Yb besuchte mich mit einem Becher höllisch starken Kaffees, sah den funkelnden Anzug und brummte.

»Kannst du auch Schaltpulte reparieren?« Ich knotete das Handtuch unter der Schulter zusammen. »Ihr USO-Leute habt wohl eine gute Ausbildung?«

»Die Ausbildung ist mehr als übergründlich«, sagte ich. »Wenn ihr Werkzeug und Ersatzteile habt? Ich kann's nicht garantieren. Aber bisher hat das Zeug immer funktioniert.«

Er deutete nach oben.

»Ich sag's Randa. Melde dich bei ihm später in der Zentrale, Asger. Aber – eigentlich hast du für deine Passage gut gezahlt. Nur, wenn du wirklich willst...«

»Geht schon in Ordnung.«

Am wenigsten waren die speziellen Reinigungsmittel des Schiffes benutzt worden. Ich hatte keine Eile, säuberte sämtliche Bildschirme und Monitoren in der verwahrlosten Kommandozentrale, wechselte etwa hundert Leuchtfelder aus und reinigte die Pulte. Als ich die Terminalplatte des Astrogatorenpultes hochgeklappt, sämtliche Anschlüsse mit Kontaktspray eingesprüht und die ersten zwei Dutzend Verbindungen festgeklemmt hatte, kam Kapitän Roynamo herein, schlug Var Randa im Kommandantensessel auf die Schulter und sagte kopfschüttelnd:

»Müssen wir Asger am Ende noch etwas zahlen, Var? Oder will er uns zur Notlandung zwingen?«

»Keine Sorge, Kapitän«, erwiderte ich. »Weder noch. Ich bin stark daran interessiert, daß die HARPYIE in einem Stück Rootsag erreicht.«

Tayeta stellte eine Kiste unsortierter Ersatzteile, meist in schmutziger Originalverpackung, auf ein Pult.

»Das ist alles, Asger. Hab' den halben Laderaum durchgewühlt. Ein paar Kanister Reinigungsliquid sind noch da.«

»Die überlasse ich gern euch.« Ich wischte Schweiß von meiner Stirn und schraubte weiter. »Das Pult ist nicht besser geworden, Käpten, aber die Schaltungen sind sicherer.«

»Tatsächlich?«

Dreckiges Öl sickerte aus Fugen und Einfassungen der Pulte. Ich wischte es mit Papier trocken und bewegte probeweise einen Schalter nach dem anderen. Die Kontaktfelder leuchteten auf. Nach einer Stunde brummte der Kapitän:

»So gut wie neu, Asger. Was hast du mit den Bildschirmen angestellt?«

Ich deutete auf den öltriefenden Haufen Lappen und Papier.

»Ganz einfach: gründlich geputzt. Solltet ihr in Abständen auch mal machen. Die Sterne sind schon viel heller geworden.«

Die Raumfahrer lachten dröhnend. Ich sah keinen Grund,

ihnen zu verraten, daß ich mir auf diese Weise eine Menge Daten besorgte. Wenn die USO die Routen der Trampschiffe kannte, wurde es leichter, Schmuggelgut, Rauschgift und Verstecke von Verbrechern zu finden. Ich klappte das Pult herunter, sicherte es und drückte Doncare den Sack mit Abfallpapier in die Hand. Er starrte mich fassungslos an.

»Für deinen sauberen Arbeitsplatz.« Ich grinste. »Bis zur Landung ist eure Rostkugel innen wie neu.«

Je weiter wir uns von Dustaceed entfernten, auf unbekannte Ziele zu, desto mehr wuchsen mein Unbehagen und, ich mußte es mir eingestehen, die Furcht vor den unbekannten Piratenplaneten. Was sich hinter den allgemein zugänglichen Informationen verbarg, wußte ich: tödliche Gefahren. Doncare warf den Sack in die Richtung zur Schleuse und sah sich in der Zentrale um.

»Seit du an Bord bist, Asger, läßt die Lebensqualität nach. Willst du auch noch die Triebwerke auskratzen?«

»Bin schon fertig.« Ich wischte zum letztenmal über das strahlend saubere Astrogatorenpult. »Triebwerke und Maschinenraum kannst du übernehmen.«

Ich fühlte mich in der HARPYIE sicher; mein Gepäck war nicht mal durchsucht worden. Gegen die rauhe Kameradschaft der Raumfahrer war nichts einzuwenden. Ich zog mich in meine Kabine zurück, duschte und schob einen neuen Lesewürfel ins Gerät. Unaufhaltsam näherten wir uns dem Raumhafen Savage Point auf Rootsag.

Ich stellte die Bierdosen in die Mitte des Messetisches, schob die Acider-Plus-Scheiben des letzten Spieles vor der Landung zurück und sagte:

»Meine Runde, Raumfahrer. Jeder aus unserem Kreis hat fünfmal gewonnen. Meine Bier-Runde, mit Erlaubnis von Roynamo.«

Doncare klappte den Kasten auf und schichtete die Scheiben in die Fächer. Jede einzelne Spielscheibe musterte er, als hoffe er, Zinken oder Markierungen zu entdecken. Ich nickte den Crewmitgliedern zu und goß den Doseninhalt in den Becher.

»Gib's auf, Doncare.« Ich nahm einen Schluck. Am Tisch breitete sich Spannung aus; Doncare klappte die Schachtel auffällig laut zu und starrte direkt in meine Augen. »Es waren ehrliche Spiele. Alle.«

»Ich weiß nicht, wie du's gemacht hast, Asger.« Er zog langsam ein handlanges Messer aus dem Stiefelschaft und rammte es in den Tisch. »Du hast mehr als hundert Solar gewonnen.«

»Du hast mich jedesmal zum Spielen eingeladen.«

Ich spannte meine Muskeln: Drei Dagor-Griffe würden in der Enge der Messe Wirkung zeigen. Yb und Tayeta packten Doncares Arme und redeten auf ihn ein. Ich hob die Hand und warnte scharf.

»Greif mich nicht an, Doncare. Ich breche dir den Arm. Mir liegt nichts am Geld. Laß das – hör auf deine Kameraden.«

»Ich wecke den Kapitän auf«, sagte Yb. »Mach dich nicht unglücklich, Don!«

Er riß sich los, schlug mir mit der Rückhand den Becher aus den Fingern und packte den Messergriff. Noch bevor er halb über den Tisch gesprungen war, stand ich; der erste Hieb paralysierte seinen Messerarm. Er schrie auf und packte die Waffe mit der Linken. Beim Spielen benutzte er die Linke überaus geschickt. Ich fintete, stieß gegen die Wand und wich dem Messerstoß aus. Die Spitze schrammte einen Meter lang auf dem Metall und schabte lange Farbspäne ab.

Als Doncare herumwirbelte und ächzend die Klinge im waagrechten Halbkreis führte, schlug ich mit dem Fuß seinen Arm nach unten; meine Finger stachen dreimal zu und trafen Muskeln, Nervenknoten und Gelenke; Doncare brach, wie eine Gliederpuppe schlenkernd, mit langgezogenem Wimmern zusammen, riß Becher, Dosen, Messer und den Kasten mit den Spielscheiben herunter.

»Er soll froh sein«, sagte ich und lehnte mich gegen die Schleusentür, »daß er sich in einigen Tagen wieder bewegen kann. Schade um den Schluß – es war ein guter Flug, mit euch zusammen.«

Ich führte die Geste des Abschieds aus und schloß das Schott leise hinter mir.

Heißer, wolkenloser Himmel, kochender Wind und Gestank, aus undefinierbaren Komponenten zusammengewirbelt, und Sandfahnen über der schneeweißen Kiesfläche trafen mich, als Var Randa, Käpten Roynamo und ich große Schritte über den Spalt zwischen der verrosteten Plattform der Gangway und dem Schiff machten. Der Kapitän hielt mir die Hand entgegen.

»Wenn Sie's schaffen, Asger Nadier, bis zum Ende durchzuhalten, sind Sie besser als viele, die ich kannte. Ich fürchte, deren Knochen bleichen irgendwo auf den drei Welten. Alles Glück, Deserteur!«

Ich schüttelte seine Hand, lehnte mich ans Geländer und fingerte nach der dunklen Brille. Var Randa lachte heiser und sagte:

»Deine Kreditbriefe, die Schutzbriefe und deine gräflich-arkonidische Herkunft – vergiß sie. Hier sind sie das Pergament nicht wert, auf das sie geschrieben sind.«

»Ich ahne es. Dank euch beiden.« Sie meinten es ehrlich.

Dumpf rumpelnd öffneten sich die Luken der Laderäume und entließen dampfenden Schiffsschweiß. Ich kippte den Schalter, und in der Schleuse hob sich mein Gepäck vom Boden. Der runde dunkelgraue Schild hing mit dem Handgriff an einem Henkel. Ich ging die Stufen hinunter. Das Eisenrohr unter meinen Fingern schien zu glühen. Am Rand des Feldes, das sich ›Raumhafen‹ schimpfte, trabte eine Gruppe Reiter auf saurierähnlichen Zweibeinern vorbei und wirbelte Staubwolken auf. Die Dächer eines Städtchens duckten sich unter gelbblättrigen Bäumen. Das Extrahirn sagte abschiednehmend: *Ab jetzt bist du mal wieder der einsamste Arkonide der Galaxis!*

Ich ging dreißig Schritte weit, drehte mich um und winkte. Roynamo und Randa winkten zurück. Vom Rand des Hafens näherten sich Tieflader auf dicken Gummireifen, von seltsamen Maschinen gezogen; Elemente schwerer Gleiter, in Gerüsten aus Stahlrohren festgeschraubt. Ich brummte im Selbstgespräch:

»Du bist wirklich und tatsächlich am Rand der bewohnten Welt gelandet, Atlan-Asger.«

Langsam ging ich auf das Ende einer breiten Sandstraße zu, die zwischen einem hölzernen Turm und einer Art Empfangsgebäude hindurchführte. Der Turm trug einen Glassit-Holzzylinder, wahrscheinlich den Kontrollturm. Keines der Gebäude aus Bruchstein, Lehmziegeln und Holz, gedeckt mit großen Solarzellenziegeln, war höher als drei Stockwerke. Die Aufschriften, die ich mühsam entzifferte, waren zweisprachig, in Interkosmo und im örtlich-planetaren Dialekt.

Ich kam, gefolgt von meinen Lederkoffern, an geöffneten Läden vorbei, an Schänken unter nassen Leinendächern, zwischen Bäumen hindurch, nahe seltsamer Tiere und gleichgültig blickender Planetarier bis zu einer Stelle, an der sieben mächtige Holzsäulen hinter einem rechteckig gemauerten Wasserbecken aufragten. Sie trugen in der Art frühamerikanischer Totemsäulen übereinander geschnitzte Abbildungen starrer, böser Gesichter, Wappenschilder, Embleme und unbekannte Symbole. Dahinter war die Vorderseite einer Schänke zu sehen: eine lange Theke voller Sitze, Spiegel, Flaschen und kleine, konische Öfen. Geruch nach Essen und sauer gewordenem Wein drang über die Breite der Straße. Ich ging darauf zu und setzte mich auf einen hochbeinigen Stuhl, einem grauhaarigen Wirt gegenüber, der wie ein unterernährter Überschwerer aussah. Hinter mir preschten zwei Reiter in hochlehnigen Sätteln auf fünf Meter hohen Pseudoechsen vorbei und jagten Passanten, Händler und Kinder auseinander. Über der Szenerie lag der Eindruck fauler, langweiliger Exotik; genau das, was ich erwartet hatte. Ich griff in die Tasche und legte, während ich den Wirt anstarrte, eine Fünf-Solar-Münze aus Palladium auf die Steintheke. Er brummte:

»Was darfs sein, Fremder? Hunger? Durst? Auskünfte? Es steigen wenige Besucher hier aus; nur Exoten wie du, aus dem bewohnbaren Teil des Universums.«

Ich blickte in grüne Augen, lächelte freundlich und sagte:

»Etwas gegen den Durst, Herr Wirt. Eine Handvoll Auskünfte und einen Rat, wo ich schlafen kann, ohne daß mich gierige Vermieter, Wanzen, Flöhe und Milben auffressen.«

Er zapfte grinsend aus einem fauchenden Hahn etwa einen Liter purpurfarbener, colaartiger Flüssigkeit in ein wulstiges Glas, schob es mir entgegen und legte beide Unterarme auf die Theke. Sein Gesicht zeigte einen wohlwollend-lauernden Ausdruck.

»Wohin willst du... wollen Sie, Fremder?«

»Ich bin Fürst Asger von Nadier«, sagte ich. »Ich will mich, wie auch immer, den Piraten anschließen. Vermutlich gibt es einfachere Ansinnen auf den Drei Planeten.«

Er lachte heiser. »Sicherlich geht alles andere schneller. Nach Osten müssen Sie reiten, Herr Fürst eigener Gnaden. Und die Reise ist gespickt mit miesen Wegen, Schnapphähnen, geldgierigen Bauern und bewaffneten Zöllnern ohne Legitimation. Es empfiehlt sich eine teuer zu bezahlende Schutztruppe, deren Mitglieder allerdings mitunter den harmlosen Reisenden im Schlaf ausrauben und kehlen.«

Das Getränk schmeckte säuerlich, stillte den Durst und schien mich zu erheitern.

»Unter diesen Voraussetzungen ziehe ich es vor, allein den Widrigkeiten zu trotzen. Ich bin nicht ganz wehrlos und trachte, es zu bleiben. Frage eins: Wo schlafe ich? Und wo stiehlt niemand mein wenig wertvolles Gepäck?«

»Preiswert und sauber: das Stoertebekher-Inn, drüben, bei der Mauer.«

»Wie komme ich zu einem Reittier?«

»Übermorgen bei Sonnenaufgang ist Markt. Ein Kundiger ist zu mieten; die Sauroyhändler sind voller List und verhökern gerne Krüppel und Spreizfüßige als junge, blutvolle Renner.«

»Hab' ich schon mal gehört«, sagte ich. »Geben Sie jedem Fremden so bereitwillig so wertvolle Auskünfte, Herr Wirt?«

Ich deutete aufs Glas, den triefenden Hahn und die wertvolle Münze. Er nickte mit fahlem Grinsen, zapfte sich etwa einen halben Liter, lehnte sich vor und flüsterte:

»Zweimal im Monat etwa kommt ein Fremder. Jeder stellt die gleichen Fragen. Ich kenne jeden Lebenden und viele, die's nicht mehr sind, im Umkreis von hundert Parasangen. Mitunter kommen die Damen und Herren Grafen, Barone und Fürsten, die über die Welt verstreut sind wie feine gelbe Eiterbeulen, zu mir und trinken. Vielleicht hast du's schon gemerkt, Fremder: Du bist am Anus Galaktikus.«

»Diese Einsicht liegt nahe«, sagte ich. »Bereitwilligkeit, was solide und brauchbare Auskünfte betrifft, soll nicht Ihr Schaden sein. Noch ist mein überaus gräfliches Arkoniden-Geschlecht nicht völlig verarmt. Warum ist der Raumhafen hier, und warum ist das Tor zum anderen Planeten so weit im Osten?«

»Jede Grafschaft erhebt Maut und Zoll. Auf langen Wegen fällt es leichter, dich auszurauben und deinen Besitz, Stück für Stück, zu stehlen. Du weißt, daß du, fast einmal um den Planeten herum, nach Osten laufen, wandern oder reiten mußt?«

Sein Gesicht trug die scharfen Runen langer, leidvoller Erfahrungen. Falten zwischen Nase und Mund sagten mir, daß fröhlicher Optimismus aus begreiflichen Gründen nicht zu den vordringlichen Charaktereigenschaften meines Gegenübers zählten. Er schien ein sachlicher Zyniker zu sein.

»Jetzt weiß ich es. Und dann?«

»Wenn Du lebend das Tor erreichst, fängt auf Reniar dasselbe von vorne an. Ich will sagen, Fremder, daß nur die Auslese aller rücksichtslosen Schurken die Chance hat, in den Kreis der Piraten aufgenommen zu werden; am Ende einer mörderischen Odyssee auf Cataphyl.«

Ich hob das Glas und erwiderte nach kurzer Überlegung:

»Ich bin kein rücksichtsloser Schurke, denke aber, daß es im Kreis der Starbuccaneers ein freieres Leben gibt, sicherlich nicht ohne Probleme. Ich komme aus schwierigen Verhältnissen. Also: Schick mir einen fachkundigen, ehrlichen Sauroykäufer und einen Führer für die ersten tausend Parasangen. Es soll sich für alle lohnen.«

Ich schob die Berylliummünze über den Tresen. Ihr Wert entsprach etwa zweihundert Solar. Er starrte sie an und sagte leise:

»Sie haben einen neuen Freund, Herzog. Den ersten in diesem Kaff. Noch fünf von Ihrer Sorte, Fürst Asger, und ich leiste mir eine Passage nach Lepso.«

»Ich steige im Stoertebekher ab, sehe mir ihr Dörfchen an und esse abends hier. Einverstanden? Und Sie beschaffen mir Helfer, deren Zuverlässigkeit außer Zweifel steht?«

»Versprochen, Fürst Asger.«

»Wie heißen Sie, mein Freund?«

»Cerry Beteigeuze. Stets zu Diensten.«

Ich leerte das Glas, schaltete das Antigravelement meines Gepäcks ein und fand ohne Schwierigkeiten das Hotel; Savage Point City war nur von 13000 Individuen bewohnt, die aus allen humanoiden Sternenvölkern stammten. Ich kam an einem Boardinghaus für Rumaler vorbei, sah die fensterlosen Bauten der Ara-Quartiere, wich spazierenden Antis aus und beobachtete neuarkonidische Sauroyreiter und Tefroder, die schwarzerdige Felder bestellten. Der Hotelsafe im Hof bestand aus einem Sonnendach und einem Glassitzzylinder, der von einem verkrüppelten Überschweren-Jungen bewacht wurde, dessen linkes Fußgelenk durch eine lange Kette mit dem Stamm einer Blutkastanie verbunden war.

Ich brachte einen Teil meiner Ausrüstung in diesem Safe unter, erhielt von dem Springer an der Rezeption ein helles, sauberes Zimmer mit brauchbarem Luxus und setzte mich am Ende eines langen Spazierganges an Beteigeuzes Theke. Sein Essen war ebenso gewürzt wie seine Ratschläge.

Dreieinhalb Tage später: Die reptilhaften Reittiere stanken nach moderigen Sumpfpflanzen, aber ihre muskulösen Hinterbeine fraßen die Kilometer – oder Parasangen – der schlaglochübersäten Straße. Zwischen den flachen Schuppen des langen Halses nisteten gelbliche Wurmparasiten. Aenon Jurcha, ein junger Tefroder, mein Kartenleser und Pfadfinder, der im hochlehnigen Sattel hing, als sei er dort großgezogen worden, zeigte nach links voraus und schrie:

»Gutes Nachtlager. Kenn ich, Fürst Asger. Keine Banditen. Zu nahe an der Stadt.«

»Einverstanden. Kennst du den ganzen Weg bis zum Tor?«

»Nur etwas mehr als die Hälfte. Ich will noch etliche Jahre leben, Asger, und mir von deinem Geld das eine oder andere leisten.«

»Ich hab' auch nicht vor, neben der Straße verscharrt zu werden. Diese stinkenden Renner... Allesfresser, nicht wahr?«

»Ja. Deswegen hab' ich mittags das fette Stück geschossen.«

Meine Ausrüstung war in zwei Paare kantiger Satteltaschen umgepackt worden. Der Schild hing vor meinem rechten Knie. Vor uns schwankten und zitterten lange Schatten. Der Waldrand und eine Gruppe zerrissener Felsbrocken kamen näher, die Straße wand sich nach rechts hügelabwärts. Im roten Sonnenuntergangslicht zeichneten sich in etwa fünfzig Parasangen Entfernung Burgen oder Bergdörfer auf hohen, bewaldeten Hügeln ab.

Die Sauroys witterten das Wasser und trabten auf den Tümpel zu. Wir gaben die Zügel frei; die Tiere ließen sich auf die Tatzen der Vorderbeine nieder, hoben die Saurierschwänze und soffen. Als ich aus dem Sattel kletterte, hörte ich das Wasser durch den Schlund in den Magen gluckern.

Ich löste die beiden handgroßen Schnallen der Bauchgurte, stapelte das Gepäck neben die Sättel und sagte:

»Die Biester sind kräftig und willig, aber verwahrlost. Sorgst du fürs Feuer, Jurcha?«

»Wenn du den Lagerplatz putzt und dich um die Sauroys kümmerst.«

Ich löste die Sattelgurte, säuberte den Platz, schichtete Steine zum Feuerkreis auf und schleppte das tote Wild zum Teichrand. Mit Gras und dürren Ästen entfachte ich das Feuer, stellte den Kessel auf und füllte ihn aus dem Wassersack. Geschwärzte Steine und andere Spuren zeigten, daß diese Stelle ein beliebter Lagerplatz war. Jurcha schnitt unterarmlange Kloben mit der Energiewaffe; ich wartete, bis ich einen rotglühenden Ast aus dem Feuer zog.

Während mein Reittier Blätter fraß, Fleisch, Knochen und Fell verschlang und soff, berührte ich das Ende eines Parasiten mit der dunkelroten Glut. Das fingerlange Tier wand sich summend und schmorend und zwängte sich schraubend und drehend zwischen den Schuppen hervor. Mein Sauroy drehte den Schädel, starrte mich aus einem großen zitronengelben Auge an und blies stinkende Luft durch die runden Nüstern. Ich entfernte drei Dutzend Schmarotzer aus den Schuppen, bürstete den Hals mit Sand, grobem Schlamm und viel Wasser und ging zum Feuer zurück, nachdem ich mich gewaschen hatte.

»Und du willst tatsächlich zu den Starbuccaneers, Fürst Asger?« Jurcha schichtete Kloben in die Flammen. »Ein weiter, gefährlicher Weg – glaub' mir. Aber der Weg ist vielen Mutigen das Ziel.«

»Quatsch!« Ich knotete die Hängematte an die Äste und zeigte zu den Sauroys hinüber. »Ich will ans Ziel. Der Weg ist von notwendigem Übel. Rennt uns das Viehzeug davon?«

»Nicht, wenn du ihre Hinterbeine mit diesem Seil zusammenbindest.«

»Komm. Hilf mir.«

Die riesigen Echsen, deren Schwanzhieb mit einem Schlag ein Rückgrat brechen konnte, waren gezähmt und hervorragend eingeritten. Wir banden den rechten Hinterlauf des einen an den linken des anderen Tieres, ließen etwa zehn Meter loses Tau durchhängen und gingen zum Feuer zurück. Ich öffnete eine Lederrolle, zog eine fotografisch hergestellte Karte heraus und hielt sie ins Licht.

»Deine Karte, Graf, ist besser als meine«, brummte Jurcha. »Wo hast du sie her? Und all das andere feine Zeug, die Waffen...?«

»Alles ist irgendwo zu kaufen.« Ich maß heißes Wasser ab und streute Teeblätter hinein. »Wenn ich etwas verberge, dann ist es gut versteckt. Nämlich hier.«

Ich zeigte auf meinen Kopf. Schweigend packten wir die schneller verderblichen Teile unseres Essensvorrates aus und tranken süßen Tee, mit Saft abgekühlt. Der Mond Aoky stieg hinter dem Wald, aus dem ein Chor wilder Laute ertönte, in den Sternenhimmel. Die Sauroys wateten in den Teich und versuchten, Fische zu erhaschen. Jurcha flocht den Zopf, den er über dem linken Ohr trug. Er kaute auf einer fetten Käsescheibe und fragte:

»Warum willst du wirklich zu diesen Verbrechern?«

»Verbrecher? Es sind alles freie Frauen und Männer. Ich

vertrage über mir keine Herren und unter mir keine Sklaven. Bei der USO hatte ich hundert Herren. Ich will ein freies, wildes Leben und reich werden, ehe ich uralt und zittrig bin.«

»Geht mir nicht anders. Aber ich bringe dich nicht bis zum Tor.«

»Warum nicht?«

»Weil ich sicher bin, daß wir beide die Wüste nicht überstehen. Ich begleite dich bis zur Oase Muure-Shu. Keinen Schritt weiter. Das heißt«, er kippte einen Schluck Beerenschnaps in den Tee, »wenn wir bis dahin noch leben.«

»Ich geb' mir Mühe«, sagte ich. »Ich versprech's.«

Ich zog aus der Achseltasche der Lederjacke ein fingerlanges Gerät, schaltete es ein und hängte es ins Geäst. Ein winziges Lämpchen blinkte.

»Was ist das?«

Meine Hand beschrieb einen Kreis; ich setzte mich auf den Sattel und griff nach dem Becher.

»Wenn jemand oder etwas, halb so groß wie ich und du, sich anschleicht, schlägt der Gnom hier furchtbaren Lärm. Geh also nicht zu weit vom Feuer weg.« Ich stieß ein paar Scheite in die Glut, wartete auf das Flackerlicht der Flammen und betrachtete die Karte. »Diese Bergfürsten und das andere Gesindel... haben sie irgendein Recht, Zoll und Maut zu verlangen?«

»Das Gewohnheitsrecht der besseren Bewaffnung und der größeren Anzahl. Denk dran, Asger: Aus jedem Dorf hier, auf allen drei Welten, überall, sind die Besten zu den Buccaneers gegangen. Also ist es besser, nachzugeben. Sonst hetzt dich bald eine übermächtige Meute. Und in diesem Fall ziehe ich es vor, schlagartig feige zu werden. Kapiert?«

»Ich habe verstanden.«

Ich leerte den Rest Sud in unsere Becher und füllte den Kessel mit frischem Wasser. Das Essen verstauten wir wieder in den Leichtmetallbehältern. Dann badeten wir gründlich, ehe wir in die Hängematten kletterten. Die Sauroys kamen aus dem Teich und legten sich grunzend ins Gras. Große, weiße Vögel und Fledermauswesen jagten leise pfeifend am

Waldrand; blaues Mondlicht lag über der Szenerie. In den Bergdörfern blinkten winzige weiße Lichter.

Mit den letzten Glutstücken hatten wir die Schmarotzer aus den Schuppen der Hälse und der Schenkel entfernt, und nun liefen die Tiere hintereinander links neben der Straße. In Stundenabständen brummten uralte, schwer beladene Gleiter über uns hinweg. Ihr Ziel waren die terrassenförmigen Bauwerke der Berghorste. Im Mittagswind schwebten Heißluftballons nach Osten. Meine Sinne waren angespannt, ich versuchte, einen möglichen Hinterhalt rechtzeitig zu erkennen. Meine Finger lagen am Griff des Schockstrahlers, der im breiten Brustgurt steckte. Jurcha hielt den Bogen in der Linken.

»Über die Kiesfläche, Jurcha!« rief ich plötzlich und zog am Zügel.

Fauchend änderte das Tier die Laufrichtung, brach durch Gebüsch und bog von der Straße ab, die durch einen Hohlweg führte. Wir preschten den Hang eines Hügels hinauf. Jurcha zog einen Pfeil aus dem Köcher und legte ihn auf die Sehne. Knarrend rieben die Knochenplatten am Rücken und an den Flanken der Sauroys, der Kies spritzte, und ich sah einige der Wegelagerer, die sich hinter Bäumen, Felsen und Gebüsch an beiden Seiten des Weges versteckten. Sie hatten uns noch nicht gesehen und starrten auf das staubige, löchrige Band.

Ich zielte auf ihre Rücken, während sich die Pranken der Sauroys in weichen Grasboden gruben und uns förmlich nach vorn rissen. Der Logiksektor sagte: *Keiner von Ihnen sieht wie ein stolzer Bergfürst aus*. Jetzt schrie ein Dunkelhäutiger auf, feuerte einen Pfeil in unsere Richtung und brüllte Flüche hinter uns her.

Jurcha holte mühelos auf, ritt links neben mir; zusammen erreichten wir den höchsten Punkt des Hügels und duckten uns unter mächtigen Ästen. Mein Führer sagte unterdrückt:

»Seit einem Jahr ist hier nichts passiert. Deine Ahnung war richtig. Wo hast du das gelernt?«

Wir stoben in schnellem, gleitendem Trab einen flachen Hang hinunter und näherten uns in einem weiten Bogen, quer durch wenig übersichtliches Gelände, wieder der Straße. Ich schob die Waffe zurück und antwortete:

»In vielen Kämpfen. Die Sonnenstrahlen: Ich hab' das Licht auf Metall blinken sehen.«

»Einfache Wegelagerer, Asger. Wir sind noch nicht in den Grenzen der Herzogtümer.«

Der Planet war völlig unorthodox besiedelt worden; Straßen und Brücken existierten nur nahe der Siedlungen und dort, wo schwere Güter auf archaische Weise transportiert werden mußten. Unser Pfad nach Süden, von wenigen Fußgängern, etlichen Reitern und den Herden geprägt, verlief dort, wo das Gelände die geringsten Schwierigkeiten bot.

Wir wechselten gegen Mittag über die Grenze eines fruchtbaren Hügellandes, das von zwei Bergsiedlungen überragt wurde. Mit der Energiewaffe schoß ich ein Tier zwischen den Findlingen abseits der Piste; es sah aus wie eine Kreuzung zwischen Hirsch und Schaf. Mit dem Vibromesser trennten wir zwei große Fleischstücke heraus. Ein kleines, rauchloses Feuer brannte.

Durch das schwere Glas beobachtete ich die Bergsiedlungen. Jemand gab Spiegel-Blinksignale an einen Partner im Tal ab. Nach dem Essen mischte Jurcha eine Paste aus zerriebenen Pflanzen, Fett, Asche und Kalk, den er von Steinen abkratzte; als ich sein rostiges Werkzeug sah, schenkte ich ihm ein Messer. Wir zerrten die satten Tiere in den Schatten und befreiten sie vom Rest der ekelhaften Schmarotzer. Jurcha schmierte den Tieren Brei zwischen die Schuppen.

»Heute werden wir Maut zahlen müssen, Weißhaariger.« Er hängte die prallen Wassersäcke an die Sättel. »Du wirst einige der stolzen Grafen kennenlernen.«

»Wieviel? Reichtum scheffeln sie auf dieser leeren Straße wohl nicht.« Ich strich den Rest der Paste um die Augen der Sauroys, die von Fliegenbissen entzündet waren. Die Tiere grunzten wohlig und schlugen spielerisch mit den Vorderpranken nach mir. Jurcha zerschnitt den Braten und winkte.

»Nicht mehr als fünfzig Solar für einen Reiter. In anderen Monaten gibt's mehr Verkehr.«

Ich hatte ein kleines Handtuch und Seife verloren oder

liegengelassen. Wir aßen in Ruhe, zählten die Ausrüstung, saßen auf und ritten in gemütlichem Trab weiter. Humanoide verschiedener Hautfarben arbeiteten auf fruchtbaren Feldern, zwischen denen steinerne Häuser und Speicher standen. Über den Wolken orgelten die Triebwerke eines unsichtbaren Raumschiffes. Steinerne Grenzsäulen mit Zeichen und Wappen tauchten neben der Straße auf, und zwei Stunden später versperrte eine Mauer aus mächtigen Quadern die Straße. Wir ritten auf die runden Tortürme zu und hielten an. Lange Banner flatterten von den Masten: weiß, golden und graphitfarben. Bewaffnete in Lederpanzern, Neuarkoniden und Akonen, kamen aus den Türmen.

»Willkommen, Fremde, wenn ihr Torgeld zahlen könnt, im Land von Graf Orelius.«

Wir kletterten aus den Sätteln und führten die Sauroys am Zügel näher. Ich blickte in hochmütige, glattrasierte Gesichter. Die Grenzwächter trugen Energiewaffen, Kampfbeile, Dolche und Helme, die von verschiedenen Raumlandetruppen stammten und mit farbenprächtigen Lackbildern geschmückt waren. Ich fingerte einige Münzen aus der Tasche und fragte grinsend:

»Wir sind arme Reiter. Laßt finanzielle Milde walten, Männer der Grenze. Wieviel?«

Sie hatten uns längst eingeschätzt. Ein Anführer trat vor und legte die rechte Hand an einen unterarmlangen Strahler mit Zieloptik. »Hundert Solar für jeden.«

»Ich bin auf dem Weg zum Großen Tor, Herr.« Ich suchte zweimal fünfzig Solar aus kleinen Osmiummünzen und lächelte unterwürfig. »Ich möchte dort wenigstens in Hemd und Stiefeln ankommen. Dreißig für jeden!«

»Unter achtzig kommt ihr nicht durchs Tor.«

Etwa zwei Dutzend Männer bildeten einen Kreis und wichen den zuckenden Schwanzspitzen der Tiere aus. Auf den Türmen erkannte ich Katapulte, Strahler und Signalspiegel. Jurcha lehnte am Schenkel seines Reittieres und kratzte sich im Nacken.

»Vierzig und einen Trunk Beerenschnaps, ihr Verteidiger der Grafschaft.«

»Sechzig. Mein letztes Wort.«

Ich zählte hundertzehn Solar in seine linke Handfläche. Er starrte mich finster an, zuckte mit den Schultern und knurrte:

»Was soll's. Her mit dem Schnaps. Ihr bringt lausiges Wetter mit, wie?« Er deutete auf eine dunkle Gewitterwand.

»Dank deiner Milde wird niemanden der Blitz zerschmettern.« Ich kramte die fast geleerte Flasche aus der Satteltasche, nahm einen Schluck und reichte sie weiter. »Danke. Weißt du von Schwierigkeiten, Ärger, Kampf oder Gesindel auf der Straße?«

»Die Straße ist frei. Guten Ritt – bis zum Wald.«

Ich zog mich an den Schlaufen hoch, stellte den Fuß in den Steigbügel und rutschte in den Sattel.

»Dank für die Auskunft. Vielleicht schaffen wir es trocken noch bis zum Gasthof.«

Wir trabten an und schauten uns um. Hinter der Mauer standen ineinandergeschachtelte Häuschen aus Balken, Lehmziegeln und Bruchstein, gedeckt mit stumpfen Solarziegeln. Der blauschwarze Gewittersturm wuchs der Sonne entgegen. Beide Mauern verschwanden zwischen den Stämmen mächtiger Bäume. Die Straße war jenseits des Durchlasses breiter, planmäßig aus einer Sandbahn zwischen steinernen und hölzernen Einfassungen angelegt. Unsere Tiere liefen schneller, ohne daß wir sie antrieben. Ich schloß zu Jurcha auf und rief Einzelheiten der Karten in meine Vorstellung zurück.

»Taugt der Gasthof etwas, Jurcha?«

»Brauchbar. Bei Beteigeuze ist's natürlich besser und gemütlicher. Aber es wird knapp werden, wenn wir nicht zulegen. Das Gewitter, Asger.«

Drei Stunden lang trabten wir vor der beginnenden Dunkelheit her. Die Schritte der Echsen wurden länger; die Tiere streckten Hälse und Schwänze fast waagrecht aus und krümmten die Vorderpranken an die Körper. Der Rücken hob und senkte sich fast nicht mehr bei diesem Rennen. Plötzlich wich das Sonnenlicht. Schwärze kam über die Landschaft. Von den Äckern verschwanden die Bauern, die Herden drängten sich unter Bäumen zusammen, und zusammen mit völliger Windstille breitete sich lähmende Ruhe aus. Die Pranken der Sauroys warfen lange Sandfahnen nach hinten. Dumpfer Donner rollte über das Land, und plötzlich schrie Jurcha:

»Siehst du den Fluß? Rechts davor ist Haspes Hospiz.«

Wir schienen die einzigen Wesen zu sein, die sich noch nicht verkrochen hatten. Ein plötzlich aufjaulender Sturmstoß scheuchte Vogelschwärme auf. Der erste Blitz schlug weit hinter uns ein. Wir stoben eine weite Rechtskurve entlang, an deren Ende ein langgestreckter Baukörper auftauchte, dessen Mauern von Rankengewächsen bis zum Dach bedeckt waren. Einige Humanoide rannten hin und her, sie bargen Geschirr von Tischen. Wir stemmten uns gegen die Zügel und hielten unter einem Dach aus wuchtigen altersschwarzen Bohlen. Ich brüllte gegen den Sturm:

»Zwei Betten, dazu Plätze für die Sauroys!«

»Durch den Torbogen. Schnell! Bindet euer Viehzeug an!«

Hinter dem Gebäude grenzten Mauern eine Karawanserei ab. Wir lösten die Kandaren und legten Schlingen um die Hälse der Sauroys. Der Sturm wirbelte riesige Wolken aus Sand und Laub auf, durch die Insekten mit rasendem Summen zuckten. Wir schleppten Satteltaschen und Sättel unter das Vordach. Krachend schlugen schwere Läden zu. Keuchend und schweißgebadet luden wir das Gepäck in einer halbdunklen, kühlen Halle ab.

Haspe, ein kahlköpfiger Springer, stemmte die Fäuste in die Hüften und musterte uns. Blitze badeten die Landschaft in grelles Licht. Wir warteten auf die Pausen zwischen den Donnerschlägen. Haspe schrie stoßweise:

»Zwei Betten? Ein Zimmer? Essen und Frühstück? Fressen für die Sauroys? Könnt ihr bezahlen? Alles zusammen: vierundsiebzig? Eine Nacht oder ein Monat?«

Jurcha nickte fast unmerklich. Ich brüllte.

»Zwei Betten, eine Nacht. Hast du Öl für die Sauroys?«

»Achtzig im voraus. Kommt!«

Das Gepäck war leichter als am ersten Tag. Unser Zimmer lag nach Osten. Als ich den Laden zuzerren wollte, begann der Regen wie ein Wasserfall zu strömen. Nur für wenige

Sekunden nahm ich wahr, daß wir freien Blick nach Osten hatten. Ich setzte mich auf die Bettkante.

»Geschafft, Jurcha. Ich denke, wir holen Öl, leihen uns Bürsten und versorgen die Tiere. Dann haben wir es hinter uns.«

»Aber nur in der Badehose.« Er inspizierte das Bad und nickte zufrieden. Das Gewitter war genau über uns. Mauern und Deckenbalken schienen zu zittern. »Denkst du an Langfinger?«

»Schon dabei.« Ich entledigte mich der Kleidung, zog ein Netz über die gestapelte Ausrüstung, schloß ein Magazin an und hängte den Auslöser um den Hals. Wir rannten in die Halle, ließen einen Krug Öl auf die Rechnung setzen und bekamen vom Hofknecht grobe Bürsten. Im strömenden Regen striegelten wir die Sauroys, verteilten Öl, das viele Pflanzenauszüge enthielt, über die triefenden Körper, schrubbten und putzten, und nach einer Stunde schimmerte die Schuppenhaut der Tiere wie poliertes Metall. Die Echsen schienen sich überaus wohlzufühlen, stöhnten und grunzten und rollten mit den gelben Augen. Ich grinste Jurcha an.

»Jetzt lassen wir's uns gutgehen. Ein Bad und gutes Essen.« Wir liefen in unser Zimmer zurück. Ich schaltete die Netzsicherung ab und wickelte Handtücher und Waschzeug aus. Jurcha verriegelte die Tür und öffnete das Fenster weit.

»Haspe braut starkes, schwarzes Bier.«

»Wir trinken das schwarze Starkbier.« Wir genossen die Dusche, zogen uns um, sonderten etliche Vorräte aus und schlüpften in weiche Mokassins. Ich wußte, daß unser Leben von der Ausrüstung abhängen konnte, und schaltete, als wir zu Haspe hinuntergingen, die Diebstahlsicherung an. Wir saßen bis Mitternacht mit anderen Reisenden zusammen, stellten Fragen und lauschten den Erzählungen: Für mich war jeder Satz eine unersetzlich wertvolle Information. Erst am nächsten Mittag, ohne übervorteilt oder bestohlen worden zu sein, rollte ich die Karten zusammen. Wir ritten weiter.

»Ungefähr ein Zehntel des Weges liegt schon hinter uns,

Asger.« Die Straße wand sich ins Flußtal hinunter. Die Furt war durch eine Reihe weißer Findlinge markiert. »Zufrieden?«

»Ja und nein. Weil ich weiß, daß auf einen zukünftigen Buccaneer angeblich tausend Mutproben warten, erwarte ich ständig Angriffe, Überfälle oder ähnliche Lästigkeiten.«

»Sie werden dich treffen, wenn du es am wenigsten erwartest.« Jurcha wieherte vor Lachen.

»Da hast du zweifellos recht.«

Wir kamen aus dem seichten Fluß über eine Kiesfläche in eine Savanne voller saftiggrüner Bäume, Buschwerk und exotischer Spitzkegel. Es waren weiße Termitenhügel, vor denen sich die Straße in ein Dutzend Pfade auffächerte. Wir wählten den mittleren, direkten Weg und gaben die Zügel frei. Nach einer Viertelstunde schrie Jurcha, die Echse kreischte, und ich hörte das Krachen und Splittern trockenen Holzes. Ich riß am Zügel und wich nach rechts aus. Langsam, mit entsichertem Strahler, ritt ich auf die dichteste Ansammlung der Büsche zu, deren Äste sich wild bewegten. Durch das aufgeregte Grunzen und Fauchen der Echse hörte ich Jurcha fluchen.

»Asger! Eine Fallgrube! Gib acht – wir kommen schon irgendwie frei.«

»Verstanden!« schrie ich und ließ das Tier geradeaus traben. Ich sah geduckte Gestalten, die sich von allen Seiten näherten. *Also doch,* sagte der Logiksektor. *Wegelagerer!* Ich schwang den Arm herum, zielte kurz und feuerte.

6.

Mein Sauroy warf sich herum, als meine Waffe krachend drei Strahlschüsse ausspie. Zwischen den Wegelagerern, die auf die Grube zurannten, setzten Schüsse das Buschwerk in Brand und schleuderten die Körper der Angreifer auseinander. Ich lenkte die Echse in einen Kreis, der um die Fallgrube führte. Rücksichtslos bahnte sich das Tier den Weg durch rauchende und zurückschnellende Äste und Zweige. Ich duckte mich hinter den Hals und feuerte nach rechts und links; überall hin, wo ich undeutliche Bewegungen erkannte. Zweimal zischten Pfeile über meinen Kopf. Ein dritter schlug in meinen Schild und prallte klirrend ab. Als ich das erstemal um die Grube herumgeritten war und vergeblich versucht hatte, hineinzusehen, schrie Aenon Jurcha:

»Ich bin gleich draußen, Asger. Mach sie nieder!«

Viermal feuerte ich hinter rennenden Männern her. Mit meterhohen Flammen brannten die Büsche. Das Tier scheute, als ich es auf der Stelle drehen ließ und einige Schüsse zwischen Rauch und Flammen dorthin abfeuerte, wo ich Bewegungen zu erkennen glaubte. Ich trieb das Sauroy mit dem Wind auf die Grube zu und sah, daß Jurchas Tier mit den Vorderbeinen das Erdreich vom Rand der Grube nach unten gescharrt hatte und gerade versuchte, sich hochzustemmen. Ich riß das Seil vom Sattelknopf, wickelte es auf und schleuderte die Schlinge nach unten. Halb bewußt, halb zufällig verhakten sich die Pranken des Tieres im Seil; ich wickelte es dreimal um den Sattelknopf und trieb mein Tier an. Wir zogen Jurcha und die Echse mit einem langen Ruck hinaus zwischen graue Rauchschwaden.

»Danke«, keuchte er und ritt hinter mir auf die freie Sandfläche. Er schüttelte sich und spuckte aus. »Hast du sie erledigt, die räuberischen Mistkerle?«

»Sie sind davongerannt, aber sicher noch in der Nähe. Weiter, Jurcha. Erst einmal aus Ihrer Reichweite.«

Wir trabten eine halbe Stunde lang geradeaus und hielten die Tiere an einem winzigen Wasserlauf an. Wir standen in einer Lichtung, die von kniehohem Gras bedeckt war. Handgroße Schmetterlinge und Libellen gaukelten über den schwankenden Rispen. Langsam stiegen wir ab.

»Der Weg zum Tor wird zusehends interessanter«, sagte ich und lockerte den Wasserschlauch. »Bisher sind wir mit den Schwierigkeiten noch gut fertiggeworden.«

»Glaube nicht, daß wir es in Walamis Arw leichter haben werden.« Jurcha ließ den Zügel des schäumenden Sauroys los.

»Wahrscheinlich wird uns dort niemand Fallgruben schaufeln.«

»Die Stadt ist voller Gauner, Diebe und Mörder.«

Ich zögerte, dann zog ich eine Reservewaffe aus der Tiefe der Satteltasche und gab sie Jurcha. Er ließ das Mundstück sinken, schluckte und starrte den Strahler in seiner Handfläche an.

»Ich erkläre dir nach der Rast, wie du sicher triffst.«

»Danke!«

»Wir sollten die Ebene der Wegelagerer hinter uns bringen.«

Die Tiere hatten nach einer halben Stunde wieder ihre gewohnte Geschwindigkeit erreicht. Wir rasteten nur kurz an Wasserstellen, und vor Sonnenuntergang hielten wir vor zwei Rundtürmen mit weit geöffneten stählernen Toren an. Das Metall leuchtete wie Chrom. Die Reliefs, die sich bis zur Mauerkrone hinaufzogen, waren von flächigen Energiestrahlen glasig überschmolzen. Die Sauroys senkten die Körper, stützten sich auf die Vorderbeine und keuchten, als wir abstiegen.

»Harmlose Wanderer zum Großen Tor!« rief ich den Wachen zu. »Wir suchen einen passablen Gasthof.«

Zwei Überschwere in Kettenhemden schlenderten auf uns zu und schätzten uns schweigend ab. Wir schienen den Eindruck wohlhabender Fürsten zu machen, denn ihre mürrischen Gesichter erhellten sich. Jurcha hob die Hände und sagte:

»Natürlich zahlen wir Torgeld. Wir sind gerade den Wegelagerern entkommen, und reich sind wir auch nicht.«

»Viermal fünfundfünfzig.« Der Posten rückte den Strahlkarabiner zurecht. »Sechzig für höchstens zwei Nächte.«

»Fünfzig«, sage ich. »Und eine Stunde beim Standgrafen.«

»Wen sollen wir melden?«

»Fürst Asger von Nadier, Arkon, auf dem Weg zu den Buccaneers und sein Pfadbruder Aenon Jurcha.« Ich gab dem Riesen die Münzen. »In welcher Raststätte essen und schlafen wir gut und leidlich unbestohlen?«

»Reitet zum Stadtwald. Fragt nach Foyyads ›Monddrachen‹. Dort wohnt sich's ganz gut und preiswert. Graf Kharmazion schickt einen Boten, wenn er euch sehen will.«

»Danke für den Rat.«

Wir ritten durch gepflasterte, breite Gassen, an zahlreichen Handwerkerläden vorbei, über eine Granitbrücke und auf einen baumbestandenen Platz hinaus. Das Steinschloß überragte die Stadtmitte: sieben hohe kantige Türme, deren auskragende Plattformen in unterschiedlichen Höhen lagen. Zwanzig Meter lange Fahnen wehten von schwarzen Masten. Der ›Monddrachen‹ schob eine lange, schmale Terrasse über den Bach, in dem gänseartige Vögel paddelten. Im Stall fanden wir leere Boxen und einen Knecht, der sich um die Sauroys kümmerte. Er grinste verschlagen, als Jurcha ihm zwei Bronzesolar gab.

Dampf brodelte aus der Küche, Mägde huschten zwischen den Tischen und schleppten Krüge, Gläser und Schüsseln. Eine Musikgruppe – Stahlharfe, Handtrommeln, Triplefagott und Rasseln – kämpfte gegen das Stimmengewirr an. Etwa hundertfünfzig Gäste füllten Terrasse und Speisesaal des ›Monddrachen‹. Jurcha und ich schoben uns bis zu dem Tisch nahe der Terrassenbrüstung und bestellten bei einer Bedienung schwarzes Bier. Sie legte eine dünne Steintafel auf den Tisch. Dreizehn numerierte Gerichte waren ausgeschrieben. Knapp ein Dutzend kostbar gekleidete, bewaffnete Männer mit hageren Gesichtszügen, offensichtlich Akonen-Abkömmlinge, lärmten am übernächsten Langtisch. Hunderte Kerzenflammen zuckten im Nachtwind. Wir sahen uns schweigend um; nach dem ersten Schluck Bier sagte mein Begleiter:

»Du hast längst gemerkt, Asger, daß sich auf Rootsag viele Sternenvölker überaus fruchtbar kreuzten. Das Geschlecht Kharmazions ist sehr zahlreich: Akonen, Neuarkoniden und Aras. Ihr übertriebenes Ehrgefühl sorgt gewöhnlich für viel Ärger. Die Leibwächter sind Kampfmaschinen. Sei vorsichtig.«

Drüben, im Park, fochten zwei Gruppen im Licht transportabler Tiefstrahler Duelle aus. Zwei Männer wurden schwerverletzt oder tot davongeschleppt. Aoky hing als blauleuchtende Scheibe hinter den schwarzen Türmen, von denen Laserblitze nach Norden und Osten zuckten. Der Logiksektor flüsterte: *Vorsicht, Arkonide! Gewisse Gäste werden Streit suchen. Alkohol und stolzer Übermut werden Ihre Aggressionen auf Fremde richten – auf euch!*

»Wir essen und trinken, weit weg von möglichem Ärger, in guter Ruhe«, sagte ich, las die Speisekarte und entschied mich für halbwegs unexotische Gerichte.

Drei Tänzerinnen, unter Schleiern und klirrendem Geschmeide fast nackt, stolzierten in hochhackigen Schuhen auf die Tanzfläche, vollführten ungelenke, aber laszive Bewegungen, einigermaßen im Rhythmus der schweißtriefenden Musiker. Kräuter und Gewürze rochen streng von dampfenden Riesenplatten. Ich hielt die Magd am Handgelenk fest; sie starrte mich mit gehetzten Blicken an.

»Wir haben keine Eile«, sagte Aenon gedämpft. »Kannst du dir merken, was wir bestellt haben? Bring' uns noch Yrba und die Vorspeise. Bitte.«

Ich drückte ihr eine Zehn-Solar-Goldmünze in die Hand. Sie lächelte überrascht und nickte. Dann schlängelte sie sich davon und war einige Atemzüge später mit frischem Yrba wieder an unserem Tisch: Zu mir sagte sie: »Nimm besser Nummer fünf, Herr. Der Rothirschbock hat die Räude gehabt.«

Am Tisch der Bewaffneten steigerten sich Lärm und dröhnendes Gelächter. Ein Glas zerschellte auf den Fliesen. Tiefroter Wein ergoß sich über das weiße Tuch. Ein Hüne sprang auf, sein Stuhl wurde zurückgeschleudert und landete zwischen den Tänzerinnen. Ein kurzer, lauter Fluch, ein Handgemenge, und dann kippten zwei Männer den dritten über das Steingeländer in den Bach. Ein Zug Fanfarenschwäne mit phosphoreszierendem Gefieder stob auseinander, als der Betrunkene in die Wellen klatschte. Aenon Jurcha warf mir mit todernstem Gesicht einen warnenden Blick zu. Die Magd brachte einen Salat aus Fisch, Fleisch, rotem, grünem und blauem Gemüse sowie Reis, dessen Körner so groß wie Fingerglieder waren.

Die Musiker hörten plötzlich auf. Drei Atemzüge lang breitete sich Stille aus, dann ertönten Trommelschläge. Zwischen dem Rundtisch in der gegenüberliegenden Ecke und dem Eingang bildete sich eine Gasse. Aus dem Murmeln war zu verstehen:

»Graf Kharmazion und sein Gefolge. Macht Platz.«

Wir hatten auf den Tisch der randalierenden Krieger einen ebenso guten Ausblick wie auf Kharmazions Platz. Zwei schöne Frauen, drei weißgekleidete Männer und vier breitschultrige Wächter aus einem mir unbekannten Volk von Humanoiden setzten sich, umwieselt von Fleischmeister, Mundschenk und Mägden. Die Musik änderte sich, die Tänzerinnen verrenkten schwitzend ihre Körper, und wir warteten trinkend auf den nächsten Gang.

»Kennst du Kharmazion? Warst du oft hier? Regiert er tyrannisch? Und woher kommt sein Vermögen?«

»Torgeld. Raubzüge. Einige seiner Sippe fliegen mit Buccaneers, Asger. Hohe Steuern müssen Bauern und Handwerker zahlen. Dazu die Zucht von Sauroys und anderem Vieh. Ihr Reichtum ist wie der Glanz der Sonne.«

»Ich verstehe.« Auf zahllosen Welten hatte ich es gesehen und oft am eigenen Leib erlebt: Die Symbiose zwischen galaktischer Hochtechnik – Raumschiffen, Kommunikationsmöglichkeiten, Wissensaustausch – und vielen archaischen Relikten uralter Sternenvölker sowie deren längst vergessenen Sitten brachte bemerkenswert exotische Welten hervor. Wieder einmal war ich mitten darin. Am Rundtisch standen gefüllte Pokale; die Gäste scherzten, lachten und ließen sich beraten.

Wir zerschnitten Fleischscheiben auf würzigem Fladenbrot und häuften fette gelbe Eierwürfel darauf. Ein Springer stützte seine Pranken zwischen unseren Gläsern ab und brummte:

»Fürst Asger Nadier? Mein Herr will dich sofort sprechen.«

»Am Ende dieses leckeren Mahles werde ich seinem Ruf begeistert folgen«, entgegnete ich undeutlich. »Ich danke für die Einladung an seinen prunkvoll überladenen Tisch.«

»Graf Kharmazion bändigt mühsam seine Ungeduld. Los!«

»Wir sind Gäste, keine Sklaven.« Ich blickte in seine harten Augen.

»Du verzögerst den Fortgang des Abends und redest dich um Kopf und Kragen, Fremder.«

»Geh und sag's ihm. Männer von adeligem Geschlecht zeichnen sich durch Geduld und Lebensart aus.« Ich hob das Glas und spürte, wie mich Jurcha unter dem Tisch anstieß. Der Gardist drehte sich wortlos um. Ich aß ruhig weiter, mit bestem Appetit, und ehe Jurcha etwas kommentieren konnte, sagte ich leise:

»Ich weiß, Aenon. Aber wenn ich im Streit einem Wächter die Zähne ausschlage, spricht es sich rasch herum; die Buccaneers warten nur auf solch harte Burschen wie mich. Klar?«

»Zum erstenmal in meinem Leben lerne ich einen überlegt planenden Selbstmörder kennen. Sei auf der Hut.«

»Bin ich.«

Obwohl es viel zu früh dafür war, brachte die Magd die Nachspeise; fünf Sorten Beeren, Sahne, Alkohol und gepfefferte Räucherfischstreifen. Ich beendete mein Mahl und sagte:

»Es wird Ärger geben, Aenon. Wenn sie auf dich losgehen, drück den blauen Knopf der Waffe und schieß einfach wild um dich. Du machst jeden, den du triffst, für viele Stunden besinnungslos. Ich werde schon allein fertig.«

»Du bist ein feiner Kerl, aber nicht richtig unter deinem Schopf. Geh und laß dich totschlagen.«

Ich stand auf und näherte mich langsam dem Tisch des Grafen. Als dessen Kante meine Oberschenkel berührte, riß die Unterhaltung ab. Jeder starrte mich an. Ich entsann mich eines altarkonidischen Grußes und musterte eingehend jede Person am Rundtisch. Sie erwiderten meine Blicke schweigend.

»Ich danke dir, Graf Kharmazion, daß du so schnell einige Minuten deiner Zeit für mich erübrigt hast. Ich erwartete längeres Zögern.«

Der Neuarkonide mit fast schwarzen Augen starrte mich

an, schnippte mit den Fingern und sagte zu seinem Leibwächter:

»Der Fremdling verfügte über meine Zeit. Bestrafe ihn!«

Der Mann, der mich vorhin angeredet hatte, stand auf. Ich blickte grinsend um mich und fragte:

»Hast du zu viele Leibwächter, Fürst? Hier oder draußen?«

»Wegen der paar Sekunden lohnt es nicht, den Saal zu verlassen. Alle sollen sehen, wie erbarmungslos ich strafe.«

Wir zogen uns zur Tanzfläche zurück. Die Musiker kamen aus dem Takt, erschöpft wichen die Tänzerinnen zurück. Ich sah zu, wie sich der Springer seiner Jacke entledigte; seine Muskeln zuckten und wölbten sich. Ich schloß die Augen, atmete durch und fühlte die Kraftströmung Dagors. Als der Leibwächter die Jacke achtlos über die Schulter warf, sprang ich vor, wirbelte herum, lenkte ihn ab und zertrümmerte seine Kniescheibe. Der nächste Hieb traf seinen Hals, dann stachen meine Finger blitzschnell nach vier Nervenknoten, und noch ehe der nächste Fersenschlag – ich hatte vergessen, die Sporen abzuschnallen – seinen Brustschildprojektor außer Funktion setzte, spannte ich die Muskeln und packte den stöhnenden, wimmernden Kerl am Gürtel. Ich stemmte ihn bis zu meinen Schultern hoch, machte fünf Schritte und warf ihn zwischen Weinkrüge, Bratenplatten und das siedende Öl über der Holzkohlenglut, mitten auf den runden Tisch. Ein langer, aus hundert Schreien gemischter Chor tobte akustisch durch die Halle. Graf Kharmazion, dessen Gesicht und Brust von Wein und Essensresten gesprenkelt waren, deutete mit einem ringgeschmückten Finger auf die anderen Wächter und bewies Kaltblütigkeit. Er wischte Speisereste vom Gesicht und sagte gepreßt:

»Bringt ihn hinaus und bestraft ihn; er hat versagt. Wie war dein Name, Fremder?«

»Fürst Asger von Nadier. Mißratener, später Sproß einer Gonozal-Seitenlinie. Ich wollte eure Unterhaltung nicht stören. Warum diese Hastigkeit, Graf Kharmazion?«

Zwei Männer schleppten ihren zuckenden Kameraden hinaus. Der Graf deutete auf einen freien Sessel. Diener, Mägde und der Küchenmeister räumten Trümmer, Scherben und Reste weg und breiteten ein blütenweißes Tuch über die Platte, brachten hastend neuen Wein und frischen Braten.

»Gerüchte. Man sagte mir, daß du zu den Buccaneers willst. Sie brauchen, was du verstehen wirst, keine Schwächlinge.«

»Ich brauche keine Schaukämpfe. Ich will nur nach Cataphyl und dort auf ein schnelles Schiff mit guten Männern.«

»Du scheinst auf dem richtigen Weg zu sein.«

Der übriggebliebene Wächter starrte mich mit offenem Mund an. Die Frauen nestelten an den Säumen, die Sippenangehörigen Kharmazions betrachteten mich wie eine Supernova, und unter gelben Augenbrauen hervor versuchte mich der Herrscher dieser Stadt richtig einzuschätzen. Ich hob ein Glas voller Wein und meinte halb dreist, halb entschuldigend:

»Dieses Intermezzo war unnötig. Eigentlich wollte ich dich morgen fragen, was ich auf meinem Ritt über drei Planeten besser machen sollte, denn mein Ziel ist klar. Du hast eine ruhige Unterhaltung vorweggenommen und überflüssiges Aufsehen provoziert.«

»In meiner Stadt tue ich, was ich will, denn hier herrscht mein Gesetz.«

Ich tauchte eine Serviette in Beerenschnaps und tupfte die aufgeschlagenen Fingerknöchel ab. Lächelnd erwiderte ich:

»Das stelle ich nicht in Frage. Darf ich meine Nachspeise essen, oder willst du mir weiterhin von deiner unbezweifelten Macht berichten? Mein Ehrgeiz richtet sich eigentlich auf einen tiefen Nachtschlaf.«

Die Frauen kicherten. Kharmazion lachte; es machte ihn plötzlich viel sympathischer. Er hob das Glas und tat mir Bescheid, trank und lehnte sich grinsend zurück.

»Kommt morgen mittag in die Türme. Dann sage ich dir, was du tun mußt, um zu den Prüfungen auf Cataphyl zugelassen zu werden, und warum du besser die Weiße Burg meiden sollst. Man wird euch nicht mehr belästigen.«

Als ich das Glas absetzte, sah ich, daß der Pseudo-Amethyst meines Daumenringes blinkte. Ich stand auf und sagte hastig:

»Ich werde gerade bestohlen, Graf. Erlaube, daß ich mein Eigentum verteidige. Entschuldigt, meine Damen.«

Sie lächelten verständnisvoll. Ich steckte die Finger zwischen die Zähne. Der grelle Pfiff riß Aenon in die Höhe. Ich deutete zur Decke und rannte los, fegte durch den Gastraum und die breite Treppe hinauf. Einmal blieb ich stehen und zog den getarnten Lähmstrahlerdolch aus dem Stiefelschaft.

»Unsere Zimmer. Das Gepäck!«

Wir hasteten den Korridor entlang. Die Türen unserer Zimmer waren aufgeschlossen worden und nur angelehnt, wir hoben die Dolche und sprangen hinein. Das Energienetz, das ich um unsere unersetzlichen Ausrüstungsgegenstände gezogen hatte, war an einer Stelle zerrissen. Ein lebloser Körper lag auf dem Knüpfteppich, das Fenster stand weit offen. Aus Aenons Zimmer hörte ich die Geräusche eines Kampfes, einen Fluch und dann einen schmetternden Krach. Ich warf einen Blick aus dem Fenster, aber der andere Dieb war verschwunden.

Jurcha trieb einen Mann in den Korridor hinaus, den angewinkelten Arm um dessen Hals und die Spitze des Dolches auf der Brust. Blut sickerte aus einer Stirnwunde des Einbrechers. Aus seinen Taschen hing noch das Beutegut.

»Bring ihn zum Fürsten«, sagte ich. »Er soll sich mit den Dieben seiner Stadt beschäftigen. Ich versorge unser Zeug.«

»Genau das werde ich tun.«

Ich verriegelte das Fenster, desaktivierte das Netz, hakte die Knoten wieder zusammen und setzte die Energie herauf, nachdem ich Aenon Jurchas aufgebrochene Satteltaschen geholt und dazugelegt hatte. Die Schlösser der Taschen waren intakt, das dicke Leder zersägt. Ich schloß die Tür ab, warf den gelähmten Körper über die Schulter und verschloß auch die Tür meines Raumes. Vor mir hörte ich ein Poltern; Aenons Gefangener hatte sich losgerissen und war alle fünfunddreißig Stufen hinuntergestürzt. Aenon packte ihn am Fuß der Treppe; zusammen erschienen wir vor dem Tisch des Fürsten und übergaben die Gefangenen den Wächtern.

»Durchsucht sie draußen«, schnarrte Kharmazion. »Das Diebesgut gehört den beiden Reisenden. Dann in den Ker-

ker. Die Strafe wird übermorgen auf dem Marktplatz vollzogen.«

Ich grüßte und sagte:

»Unser Bier ist schal, der Nachtisch warm, die Zeche nicht bezahlt – wann, Graf Kharmazion, willst du mit mir sprechen?

Er sah den Wächtern nach, in deren Händen die Gefangenen wie große Holzpuppen zappelten. Dann hob er die Schultern.

»Kommt morgen mittag auf ein gutes Glas Wein. Ich glaube, du wirst auf den Planeten überleben können.«

»Ich hoff's.« Ich verbeugte mich vor den Damen. Der Wirt brachte auf Kosten des Hauses Bier und frisches Essen. Die Musiker gingen zu trillernden, fröhlichen Liedern über, und vier neue Tänzerinnen unterhielten die Gäste. Der Tisch, an dem die pöbelnden Bewaffneten saßen, leerte sich rasch.

Siebzig Meter unter uns glänzte das Sonnenlicht auf spitzgiebligen Dächern. Unsere Blicke gingen ungehindert weit über fruchtbares Umland: Graf Kharmazion beugte sich vor.

»Und woher kommst du wirklich, USO-Deserteur Asger?«

»Man hat uns auf ›Ustrac‹ ausgebildet. Ich war lange Zeit in Quinto-Center, niemand außer dem alten Arkoniden weiß genau, wo der Mond tatsächlich schwebt. Ich habe Kultivierungsarbeiten auf Atlans Privatplaneten Graymonde geleitet, war auf Lepso und zufällig in der Nähe, als die Starbuccaneers eine Reisegesellschaft auf Bigwood überfielen. Als sie mich nach Tahun schickten, bin ich abgehauen, kurz vor der Prüfung. An meinem Gepäck könntest du sehen, daß ich's lange geplant habe.«

Kharmazion nickte und zeigte nach Osten.

»Selbst wenn du den Weg bis Cataphyl überlebst, ist es nicht sicher, ob dich die Buccaneers nehmen. Mein Sohn und mein Bruder haben erzählt, daß jeder Piratenadept ein lohnendes Überfallziel nennen muß, das sonst niemand kennt.«

»Damit habe ich höchstwahrscheinlich keine Schwierigkeiten.« Wir sahen auf einer Sandfläche zwischen den Kornfeldern, wie Überschwere und kleinere Sauroyreiter Angriffe und Verteidigung übten. Manche Kommandos waren bis hierher zu hören. »Gibt es Männer, Frauen oder Namen von Gewicht, die ich noch überzeugen muß?«

»Du triffst sie entlang des Weges. So wie mich.« Er grinste kalt. »So wie jede Falle und Prüfung. Praktisch jeder einzelne Schritt ist unausweichlich, Asger Nadier. Bist du tatsächlich mit dem alten Atlan Gonozal verwandt?«

»Nicht mehr oder weniger als du. Es gibt sicherlich fünfzigtausend Gonozal-Verwandte.«

Graf Kharmazion stützte sich auf die Brüstung der Turmplattform. Sein stolzer Blick ging von den Reitern über die Felder und Herden zurück zu den Dächern. Ihre Firste wirkten wie Dolchschneiden. Er starrte Aenon Jurcha und mich herausfordernd an. Obwohl er halblaut sprach, blieb seine Stimme kalt und schneidend.

»In Walamis Arw seid ihr nunmehr gerngesehene Gäste. Aber schon im Land von Graf Ghahom erwarten euch neue Herausforderungen. Wann reitet ihr weiter?«

»Morgen, beim Öffnen der Stadttore«, sagte ich. Jurcha stand auf. Ich schüttelte die Hand Kharmazions. »Wir danken für die Auskünfte, Graf. Bald treffe ich deine Verwandten in den Schiffen der Buccaneers.«

»Vorher triffst du Cyriell Ghirmo. Jeder zweite ist an ihr gescheitert. Man spricht von ihr nur mit Anbetung, Ehrfurcht und Schaudern. Die schönste, böseste Herrin auf Cataphyl. Gute Reise, Fürst Asger.«

Wir fuhren mit dem mechanischen Lift abwärts, schlenderten durchs Städtchen und kauften Lebensmittel, die nicht rasch verdarben. In der Morgenkühle, vorbei an tautriefenden Gräsern, trabten wir auf Alh Gimbi zwischen den Wüstenhügeln zu.

Ich lenkte mein Sauroy zur Seite; hochgerissener Kies und Erdreich von den Laufpranken prasselten gegen Kopf und Brust der Rennechse. Wir stoben durch eine Flut hoher Gräser in einer langgezogenen Ebene, vermutlich einem aufgefüllten Flußbett, zwischen bewaldeten Hügeln im Zickzack nach Osten. Über uns flatterten Vogelschwärme, hoch darüber drehten Aasfresser lautlose Kreise. Die Luft war fast unbewegt, die Mittagshitze ließ grünliche Schweißperlen zwischen den Schuppen heraussickern. Aenon Jurcha zog die Hutkrempe über die Augen und rief über die Schulter:

»Je schneller wir vorankommen, Asger, desto früher wirst du allein sein. Nur noch ein paar Tage!«

»Noch sind wir nicht in der Oase.« Mein Blick glitt über die Waldränder. Ab und zu wagten sich Tiere mit weißroten und gelbschwarzen Fellen aus dem Gebüsch. »Kennst du auch einen sicheren Platz für unser Nachtlager?«

»Nicht genau den Platz. Nur die Umgebung.«

Rechts im Wald schrie ein Sauroy. Vögel schwirrten auf, die kleinen Rudel sprangen erschreckt auseinander. Gleichmäßig bewegten unsere Sauroys die langen Schenkel und wippten mit den Schwänzen. Ich hob das Fernglas hoch, schob die Sonnenbrille in die Stirn und suchte die Waldränder ab. Die Bilder tanzten vor meinen Augen, aber ich entdeckte hinter den Baumstämmen andere Tiere, die parallel zu unserer Richtung rannten. Mit einer Armbewegung machte ich Aenon darauf aufmerksam. Er zog am Zügel, starrte hinüber und wartete, bis ich neben ihm war. Unsere Doppelspur im Gräsermeer reichte bis zum Horizont.

»Ich habe keine Reiter sehen können.« Ich lockerte die Energiewaffe. »Gibt es Gründe, an einen Überfall zu denken?«

»Die gibt's hier immer.« Ich schätzte die Entfernung. Zu beiden Seiten blieben jeweils mehr als tausend Schritt freies Land. »Wenn sie's auf uns abgesehen haben, sehen wir sie aber rechtzeitig.«

»Also: mäßig schnell weiter.« Vier Tage und Nächte lang waren wir unbelästigt geblieben, weil wir jeder Siedlung ausgewichen waren. Ich lehnte mich gegen die Lederpolsterung und gab die Zügel frei. Umschwirrt von Millionen leuchtender Fliegen trampelten die Sauroys nebeneinander die Rispen und Halme nieder. Das Flußtal führte in östliche Richtung und würde in absehbarer Zeit nicht schmäler werden.

Nach einer Stunde Trab scheuchten Sauroyherden auch

auf der gegenüberliegenden Seite die kreischenden Waldvögel auf. Ich rückte den Köcher nach vorn und suchte fünf Pfeile heraus. Aeonon erkannte die Markierung und schob die Projektile wie ich in die Satteltasche.

»Du bist sicher, daß wir Ärger kriegen, wie?« fragte Jurcha.

»Es war schon zu lange viel zu ruhig.«

Buschwerk markierte einen Tümpel. Wir hielten an, aßen und tranken kurz und ließen die Tiere saufen. Ich stellte mich auf den Sattel und drehte mich langsam, während ich durch die Linsen starrte. Dann grinste ich und sprang zu Boden.

»Viermal hat Metall aufgeblitzt. Wir kriegen bald Gesellschaft.« Ich nahm den Flaschenzug-Bogen von der Schulter und hakte die Sicherungsleine am Sattelknauf ein. »Wenn sie nicht ganz blöde sind, warten sie, bis wir am Feuer schlafen. Gegen diese Art Überfall kenn' ich gute Rezepte.«

»Viele?« Aenon putzte die Brillengläser und spuckte aus.

»Zwanzig, dreißig. Zu viele für einen ehrlichen Kampf.«

Wir saßen auf und hielten uns in der Mitte des Geländestreifens. Es gelang Aenon, ein Beutetier zu schießen. Bei Sonnenuntergang passierten wir die Reste einer Schlucht, die aus hohen Sedimentschichten aufragte. Hinter den Felsen erstreckten sich Baumreihen; an einem Hang sprudelte eine Quelle. Die Sauroys fraßen Fleisch und saftige Pflanzen am Wasser, wir schichteten Holz zum Feuerstoß, hängten die Strickleitern auf und rammten die Elemente des Zaunes im Kreis um das Lager, zwischen knorrige Wurzeln und dicke Stämme. Decken und Schlafsäcke wurden mit einigen Stücken der Ausrüstung präpariert, während das Teewasser in Kessel summte.

Eine dicke Rauchsäule brodelte bald zwischen Felsen und Ästen in die Höhe. Wir brachten hastig Waffen und Satteltaschen in Sicherheit, schlangen etwas Essen herunter und führten die abgesattelten Tiere weit genug weg. Der Tee war fertig, das Feuer brannte herunter und wurde, während es dunkelte und der blauleuchtende Aoky aufging, zu weißer und roter Glut.

»Sie werden kommen, wenn sie sicher sind, daß wir schlafen«, sagte Aenon, gab mir die Hängematte und steckte Blendgranaten ein. »Haben wir etwas Wichtiges vergessen?«

»Die Übermacht und das, was passiert, wenn die Sauroys in Panik geraten.« Ich schnitt ein fingerdickes Stück Käse ab. »Was weißt du von den Sauroyreitern?«

»Nomadische Reiter. Sie handeln mit gezüchteten, eingerittenen Rennechsen.« Aenon ging einige Schritte von der knackenden Glut weg und lauschte. Er setzte sich auf den Sattel und meinte: »Sie sollen den Überfallenen die Köpfe abschneiden. Frauen und junge Männer verkaufen sie als Sklaven. Mit Brandzeichen. Sagt man.«

Ich nahm einen Schluck Beerensirup, gab die Flasche weiter, verkorkte und versteckte sie. Der Logiksektor warnte: *Denk daran, daß du die Nomaden nachhaltig überraschen willst. Sie warten im Kreis um das Lager.*

Aenon verschwand hinter einem Baum und schlug sein Wasser ab. Ich warf den Bogen über die Schulter und nickte dem anderen zu. Schweigend schalteten wir die Armbandgeräte an und stiegen in die Gabelungen der mannsdicken Äste, wickelten die Leitern auf und setzten uns zurecht. Dann warteten wir, dösten und schlugen möglichst geräuschlos nach Mücken. Als der Mond fast senkrecht über der Lichtung hing, flüsterte Jurcha aus meinem Gerät:

»Sie kommen. Zuerst die roten Pfeile, nicht wahr?«

»Ja. Und ganz zuletzt die lähmenden Strahlen. Die Blitzwaffe nur im äußersten Fall.« Ich lauschte angestrengt. »Sie kommen von allen Seiten, Aenon.«

Ich zog die Handschuhe straff und setzte den Pfeil auf die Sehne. Jetzt waren die Tritte der Sauroys nicht nur zu hören, sondern auch zu spüren. Einige Stimmen flüsterten, Metall klirrte leise. An drei Stellen ritten die Nomaden in die Strahlensperre. Markerschütterndes Heulen und Kreischen brach los, blauweiße Lichter flackerten und warfen Funken.

Ich spannte den Bogen, zielte und feuerte das Geschoß in die lederne Brustplatte eines Mannes. Eine ohrenbetäubende Detonation hallte über die Lichtung, gleichzeitig brachen Blitze, Flammen und farbiger Rauch aus der Explosionskugel. Jurcha schoß seine Pfeile in die Schenkel und Hälse der Tiere, die senkrecht in die Höhe sprangen, die Köpfe senkten und mit den Schwänzen wild um sich peitschten. Die Nomaden feuerten wild aus Maschinenwaffen in alle Richtungen; einige Spurstrahlen aus Energiegewehren heulten durch die Baumkronen.

Sie waren von allen Seiten gekommen. Jetzt bockten die Tiere und drehten sich zwischen den Bäumen. Einige gingen durch, und als ich die erste Blendgranate in die Richtung des Feuers warf, die Hand vor die Augen preßte und Aenon warnte, bäumten sich die Sauroys auf, warfen die Reiter aus den Sätteln und rammten schreiend andere Tiere und flüchtende Reiter. Ein Körper, von einem Schwanzhieb getroffen, wirbelte durch die Luft; ein Sauroy trat in die aufstiebende Glut und sprang im Zickzack auf und nieder quer durch die Lichtung und verschwand schreiend in der Nacht.

Zwei, drei Männer brüllten mit überkippenden Stimmen heisere Befehle. Etwa ein Dutzend Reiter sammelten sich und jagten hinter einer aufflackernden Fackelflamme her. Mit schmetternden Explosionen lösten sich einige Zaunelemente auf. Ich setzte die Ultraschallpfeife an die Lippen, preßte den Megaphonknopf und blies. Das unhörbare Geräusch trieb den Rest der Angreifer aus unserer Nähe; sie konnten ihre Tiere nicht mehr bändigen. Es stank nach schmorendem Horn; Grasbüschel schwelten inmitten einer dicken Schicht roten Rauches, der eineinhalb Meter hoch die Lichtung ausfüllte. Ich flüsterte:

»Sie werden wiederkommen, Aenon. Wir rühren uns jetzt nicht.«

»Glaube ich nicht. Sie fürchten die Nachtdämonen. Aber... wir sollten trotzdem warten.«

Der Lärm verlagerte sich in die Ebene hinaus. Die Nomaden beruhigten ihre Tiere und schienen sich einige Zeit zu beraten. Noch mehr Fackeln wurden entzündet; wir sahen die Flammen hinter den Zweigen und Blättern, die uns verbargen. Ich verstellte den Abstrahlkegel der Waffe, wählte andere Pfeile aus und setzte mich zurecht.

Das Trampeln vieler Pranken donnerte heran. Die Nomaden ritten jetzt in zwei spitzen Keilen auf die Lichtung zu. Die Anführer schwenkten Fackeln, ihre Peitschenschwerter blitzten auf. Schüsse dröhnten; Kugeln zerfetzten Blätter in unserer Nähe. Zweimal dröhnten die Lähmstrahler auf und schmetterten die Anführer aus den Sätteln. Wieder erzeugte die Ultraschallpfeife unter den Sauroys eine Panik, und in die verknäulten Haufen aus Tierleibern und Reitern, aus denen hin und wieder Schüsse krachten, feuerten unsere Lähmwaffen. Sauroys knickten ein, überschlugen sich und krochen durch den Rauch. Ein Tier trat auf den Brustkorb eines Reiters, zwei Männer halfen einander und stolperten aus dem Bereich des Lichtes. Wieder detonierten die Energiepacks der Zaunelemente. Tiere rannten hin und her und flüchteten schließlich, als der letzte Pfeil explodiert war, in alle Richtungen; synthetisch kondensierte Raubtiergeruch-Pheromone trieben sie in panischer Flucht auseinander. Ich holte vorsichtig tief Luft und murmelte:

»Jetzt sind sie weg. Weiter warten! Beim Klettern nehmen wir die Blitzwaffen.« Der Lärm verlagerte sich weit ins Umland. »Wir dürfen kein Risiko eingehen.«

»Du hast recht. Ich warte mit dir.«

Etwa eine halbe Stunde später hörten wir leise Schritte. Ich entsicherte eine nußgroße Blendgranate und sah schließlich etwa ein Dutzend Männer auf die ausgestopften Schlafsäcke zwischen den Wurzeln zuschleichen. Ich spannte die Muskeln.

»Augen zu, Aenon!« zischte ich.

Die Männer schrien auf, als der scharfe Knall vorbei war. Sie lösten ihre Explosionswaffen aus. Auf dem Boden brannte die Leuchtladung gleißend weiter und zeigte uns alles. Wir schossen aus den Lähmwaffen, wirbelten die Nomaden umher und streckten sie zu Boden, wo sie zuckend liegenblieben. Als einige Männer die Bewußtlosen wegschleppten, hörten wir auf und kletterten hinunter, nachdem das kreideweiß zuckende Licht ausgebrannt war.

Überall stank es nach Gas, Rauch, schwelendem Horn, Sauroykot und Schießpulver. Ich leuchtete mit dem Handscheinwerfer die Umgebung ab und sah nur Spuren des

Rückzuges. Aenon, wie ich die Energiewaffe in der Rechten, ging unsere Sauroys suchen, während ich meine Ausrüstung aus dem Baum holte und hundert Schritt weit schleppte. Zwei Stunden später waren die Hängematten zwischen Bäumen ausgespannt; wir saßen auf den Sätteln und warteten darauf, daß der Nachtwind den stinkenden Rauch wegtrieb. Die Pfeile waren zerbrochen, mehr als die Hälfte der Zaunelemente fehlte ebenso wie die leergeschossenen Energiemagazine, ein Schlafsack war versengt, und Aenons Messer fand sich nicht mehr.

»Niemals wieder werden sie, wenn sie den Verstand nicht verloren haben, zwei einzelne Reiter angreifen«, sagte Aenon Jurcha kopfschüttelnd. »Sie haben's sich ganz anders gedacht, wie?«

»Gegen fünf von ihnen hätten wir uns anders verteidigt.«

»Jedenfalls haben sie genug.« Aenon fand die Becher, füllte lauen Tee aus dem Wasserschlauch hinein und drehte den Verschluß vom Weinbehälter. »Bei Tageslicht sehen wir, was wir angerichtet haben. Heute hast du die erste Wache.«

»Geht in Ordnung.«

Die Nacht verlief ohne Störung. Wir versorgten die Tiere, beseitigten das Chaos um den Feuerkreis und machten erst zu Mittag eine lange Rast zum Ausschlafen. Die Nomaden blieben verschwunden.

Als die Oase wie eine Fata Morgana über der weißgelben Sandfläche flimmerte, nahm die Menge der Skelette zu; die weißen Knochen markierten den Weg, der im Sand unsichtbar geworden war. Windmarken lösten sich unter den hornigen Pranken der Sauroys auf. Aenon Jurcha hob den Arm, senkte den Daumen und hielt sein Reittier an. Ich sprang neben ihm aus dem Sattel, löste den vorletzten gefüllten Wasserschlauch und füllte den Lederbeutel. Die Sauroys soffen gierig. Wenige Schritte entfernt ragte schräg aus dem Dünenhang ein verwitterter Balken, vom Sandsturm zerschliffen und poliert; die kupfernen Bänder glänzten wie Gold.

»Du kennst die Karten besser als ich«, sagte Aenon. Stille

und Gluthitze zwischen den niedrigen Dünen schluckten seine Worte. »Diesen Wüstenstreifen zu umgehen, würde einige Monate dauern. Der Endlose Sand gehört zur Buccaneerprüfung.«

»Wir reden in der Oase«, sagte ich und trank den Wassersack leer. »Fünf Stunden, schätze ich.«

»Lieber sechs oder sieben, Asger. Die Tiere leiden sonst.«

Wir fanden den Weg zwischen Knochen von Rinderähnlichen, Sauroys, meterlangen Schlangen und einem riesigen Vogelskelett, das mit ausgebreiteten Schwingen an einem gelben Felsblock zu kleben schien. Die Hitze war mörderisch. Die Tiere keuchten, wir schwiegen und kauerten müde in den Sätteln. Die niedrigen Dünen erstreckten sich rundum bis zum Horizont. Im Feldstecher sah ich zwischen bizarren Felsen in vielen Färbungen übertrieben saftig-grüne Baumwipfel. Zwei dünne Rauchfäden stiegen senkrecht auf. Ich wandte mich an Aenon.

»Die Wasserstelle ist besetzt. Gibt es deswegen Ärger?«

»Nein. Oasenbrunnen sind für jeden da. Ums Wasser streitet sich niemand. Vielleicht versuchen sie, uns irgendwie zu betrügen. Versteck deine Münzen und riskiere kein Glücksspiel.«

Die Sauroys tappten rutschend den letzten Dünenhang hinunter. Die Oase war kreisrund; ein Gewirr aus Pflanzen und Fels in unterschiedlich hohen Ebenen. Wir ritten einen Viertelkreis und drangen in die Schattenzone von Süden ein. Ächzend stieg ich aus dem schweißnassen Sattel. Etwa hundert uralte Bäume, viele trugen Blüten oder pralle gelbe Früchte, ragten aus der glatten Sandfläche auf. Langsam führten wir die Reittiere zum Zentrum der Oase. Kristallklares Wasser kam mit wenig Druck aus der Tiefe und lief in einem Bett aus weißen Kieseln zum nördlichen Oasenrand, dorthin, wohin auch viele Tierspuren zeigten. Wir näherten uns einer Gruppe Antis, deren Tiere, etwa fünfzehn, sich im Schatten ausgestreckt hatten. Aenon und ich hoben die Hände.

»Ein heißer Tag für alle: Wir rasten dort drüben.«

»Willkommen«, grüßte ein Reiter in schenkelhohen Stiefeln und weißen Pluderhosen. »Ihr stört uns nicht. Kommt auf einen Schlaftrunk zu den Feuern.«

»Erst einmal brauchen wir Ruhe und kühlen Schatten«, sagte ich. Die Gruppe bestand aus etwa gleichviel Frauen und Männern. Die Augen der Akonenabkömmlinge waren voller Neugierde und – wie Jurcha meinte – ungezügelter Habgier. Wir gingen zum östlichen Rand und lösten die Sattelgurte. Das Fleisch in den Säcken roch nach Verwesung, aber die Sauroys fraßen es ebenso gierig wie die herzförmigen Blätter der Sträucher. Dazu soffen sie unglaubliche Mengen. Wir breiteten die Ausrüstung auf muffigen Decken aus und veranstalteten zuerst eine Waschorgie, ehe wir den Kocher ausklappten und den zerbeulten Kessel füllten. Sand knirschte zwischen den Zehen. Wir liefen in weißen Hemden umher und tranken mit Wasser gemischten Wein.

»Ich ahne es förmlich.« Jurcha grinste zur westlichen Seite der Oase hinüber. »Zuerst geben sie uns Traumtrunk und erzählen lustige Geschichten. Die Frauen bieten sich schmeichelnd an. Morgen abend wachen wir nackt und arm im Schatten auf.«

»Ein rauhes Land voller schurkischer Bewohner«, sagte ich. »Die Wanderer sind auch nicht besser. Uns schläfern aber schlimmstenfalls ihre Karawanenmärchen ein, verlaß dich drauf.«

Sämtliche Kleinigkeiten aus den Satteltaschen trockneten in der Sonne. Ich sortierte aus, was ich Jurcha schenken konnte, ohne daß meine Sicherheit litt. Mehr als ein Drittel weniger trugen die Sauroys schon jetzt. Aenon buk Fladenbrote und füllte sie mit Käse, Braten und aufgeweichtem Trockengemüse. Mir waren nur noch zwei Hochenergiestrahler geblieben – und die Geräte in den Säumen und im doppelten Jackenfutter. Mein Geld, sagte ich mir, würde vermutlich reichen. Als die Taschen getrocknet waren, packte ich wieder ein, zeigte auf das Sortiment und füllte die Becher.

»Ich mache zwei Tage Rast, Jurcha.« Er schob mir eine handgroße Brotrolle zu; im schmalen, bärtigen Gesicht funkelten die Augen. Ich aß mit Heißhunger, rollte die Karten aus und sagte: »Unsere Wege trennen sich. Behalte du diesen Kram.«

»Du bist unverantwortlich großzügig, im Ernst. Alles für mich? Und du? Du reitest noch gut dreiunddreißig Tage!«

»Ich kann nicht gleichzeitig mit zwei Bögen schießen. Sorge dich nicht: Meistens wehre ich mich nicht ungeschickt.«

Decken, Tücher und Kleidung trockneten am langen Seil. Ich streckte mich aus, trank Wein und gähnte. Die ungebrauchten Wassersäcke durften erst am nächsten Abend gefüllt werden. Nachdem wir die Reittiere mit Sand und Wasser geschrubbt hatten, legte ich eine Schlinge für ihr nächstes Fressen an der Tränke aus, bevor wir mit einem Kanister tiefrotem Wein als Gastgeschenk die kleine Handelskarawane besuchten. Jurcha trank nur eigenen Tee; sein todkranker Körper, spottete er, vertrüge kein anderes Getränk.

Im Kreis saßen wir um die kleinen Feuer; der Wein ging reihum. Ich trank wenig, und wenn im Wein der Antis einschläfernde Substanzen enthalten sein sollten, verhinderte der Zellschwingungsaktivator deren Wirkung. Yeboah, der Anführer, tippte mit drei Fingern auf mein Knie und sagte:

»Der Andrang ist groß, Asger. Um einen Platz am Geschütz eines Buccaneerschiffes prügeln sich drei Männer. Kannst du etwas besser als andere?«

»Fast alles, Mann des Sandes«, behauptete Aenon und lachte. »Ich hab noch nie einen Kerl so kämpfen gesehen. Der Überschwere in Walamis Arw auch nicht. Und nun ißt er durch Saughalme.«

»Die gräflichen und fürstlichen Truppen der nächsten Städte rüsten sich fieberhaft. Herbst, die Monate der leichten Eroberungen... bald ist es soweit.«

Auf den tiefschwarzen und kupferroten Haaren der Antis spielten Lichtreflexe. Samtbraune Haut verschmolz mit der Dunkelheit. Ich spürte im dünnen Wein nichts von irgendwelchen Zusätzen. Tessfai versuchte, Jurchas Vibromesser gegen dubiose Versprechungen einzutauschen. Er versicherte der jungen Reiterin gähnend, daß der heilende Tee seine Männlichkeit noch nicht wiederhergestellt habe. Ich grinste, als ich sah, wie sich nacheinander fünf Männer aus dem Kreis entfernten.

»Ich sollte also den Waffenreitern aus dem Weg gehen«, sagte ich. »Wie lange habt ihr durch die Wüste gebraucht von Yhemaane? Kein Wasser unterwegs?«

»Keinen Tropfen. Sieben Tage, oft auch in den Nächten.«

»Ohne Verluste, Yeboah?« Auch der Versuch Tessfais, den breiten Spezialgürtel Jurchas zu erwerben, scheiterte an seiner diplomatischen Hartnäckigkeit. Die Blicke des Anführers schweiften schnell umher. Er nickte und füllte den Becher.

»Nur ein Sauroy, der älteste. Wir waren sechs Stunden ohne Wasser, als wir die Oase erreichten.«

Ich begann zu rechnen: Alle elf Wassersäcke mußten gefüllt mitgeschleppt werden. Ich stellte weitere Fragen über die Landstriche, deren Eigenarten mich erwarteten. Mitten im Gespräch, zu dem jeder im Kreis etwas beitrug, zwischen Gelächter und Becherklirren, ertönte aus der Richtung unseres Lagers ein dumpfer Krach. Gleichzeitig blinkte ein gelbes Licht. Ich stand auf und sagte langsam zu Yeboah, der ebenso wie seine Leute erschreckt zusammengezuckt war.

»Schade, daß der Abend damit aufhört, daß deine Männer uns bestehlen wollten. Hol den Dieb ab; er liegt leblos im Sand.«

Ich zog Aenon in die Höhe und leuchtete mit dem Scheinwerfer den Sand vor unseren Stiefelspitzen an. Die Antis schlichen schweigend hinter uns her und trugen einen Mann zu ihrem Lager zurück. Ich desaktivierte die Schaltung des Schutznetzes und legte Holz auf die rotschwarze Glut. Mein Begleiter zog den Korken aus der Flasche, breitete die Arme aus und brummte:

»Hab ich zuwenig versprochen?«

»Nein.« Ich starrte in den bläulichen Vollmond und zählte Krater. »Ohne dir schmeicheln zu wollen, Jurcha: Ohne dich werde ich viele große Schwierigkeiten haben, bis zum Ende auf Cataphyl. Nimmst du die erste Wache?«

Gleichzeitig zügelten wir unsere Sauroys, schoben die Sonnenbrillen in die Stirn und beugten uns aus den Sätteln. Unsere Schatten reichten bis zum Oasenrand. Ich drückte Aenon Jurchas Hand, schüttelte sie und sagte:

»Geh kein Risiko ein, Gefährte. Grüß den Wirt Cerry Beteigeuze. Sei beruhigt: Ich erreiche die Tore und steige auf Cataphyl in ein Starbuccaneer-Raumschiff. Lebe wohl.«

»Leb wohl, Fürst von Nadier. Du hast einen verdammt schweren Weg vor dir.« Er wandte langsam sein Sauroy, nickte mir zu und trabte auf dem haarscharfen Kamm der Düne nach Süden. Nach zwanzig Schritten drehte er sich um, winkte und kitzelte das Tier mit den federnden Sporen. Ich winkte zurück und lenkte mein Reittier in die Richtung der auftauchenden Sonne. Die Wassersäcke waren fest verzurrt, aber die Kunststoffhülle, die den Kadaver des schweren Antilopenbocks enthielt, rieb an den Schuppen der Kruppe.

Das Tier trabte ruhig, noch war der Sand kalt. Schon eine Stunde später hatte sich die Wüste wieder in ein hitzeflimmerndes Inferno aus Lautlosigkeit und Einsamkeit verwandelt.

Stundenlang ritt ich an Skeletten, Knochen und windgeschliffenen Pfählen entlang. In langen Abständen tränkte ich das Tier, fütterte es mit Blättern und Fleischstücken, trank selbst und dachte über Vergangenes und Zukünftiges nach. Unablässig suchte ich die Umgebung ab und achtete darauf, daß die Spur möglichst gerade blieb.

Sechs Tage und Nächte; Sonnengrelle und fahles Mondlicht wechselten einander ab. Kurz nach Sonnenaufgang, als ein großer und drei kleine Wassersäcke sowie ein großer Fetzen Aas übrig waren, verendete mein Sauroy. Ich rettete mich mit einem Sprung in den kühlen Sand und erlöste das Tier mit einem Hochenergieschuß.

Zuerst spannte ich eine Decke zwischen den starr in die Höhe gereckten Hinterbeinen und zwei Wassersäcken. Ich legte den Schild in den Sand und zog aus den Kanten der Taschen die Versteifungsstäbe. Ich setzte sie zu einem Rahmen zusammen, spannte dazwischen die Hängematte aus und fing an, die Ausrüstung hineinzupacken. Ein Segment des Schild-Innenrandes klappte ich auf, testete die Steuerung und ließ den Schild in die Höhe schweben. Bis auf den Sattel trug er meinen gesamten Besitz und mich. Ich setzte mich in den Schild, stieg auf drei Meter Höhe und schwebte los. Der Kurs ging genau nach Osten.

7.

Ich dankte dem einäugigen terranischen Wirt, der mir ausdruckslos hinterherstarrte, packte die Kordel und zog die Satteltaschen hinter mir her. Der Schild hing über dem Bogen auf meinem Rücken, die Taschen schwebten am Antigravelement. Die anspruchslose ›Herberge zum letzten Schritt‹, das vorletzte Gebäude der Stadt Shuu, duckte sich unter die Kronen wuchtiger Phosphorzedern. Eine breite Allee führte zum Platz vor dem Großen Tor von Rootsag. Ohne Hast ging ich auf den riesigen Transmitter zu. Aus der Stadt kamen viele andere Wanderer wie ich, mit und ohne Gepäck.

Das Tor war in eine fantastische Felsformation eingebaut. Türme, Nadeln, Aussparungen und ein steinernes Gewölbe, dessen Traverse mehr als siebzig Meter über dem Steinboden schwebte, bildeten ein sehenswertes Konglomerat, das Ähnlichkeit mit der Dreiturmfassade eines surrealistischen Domes hatte. Kleine Raumschiffe, Gleiter, Container in schreienden Farben und andere, die nur aus Rost und abblätternden Farben zu bestehen schienen, quollen aus dem gigantischen Portal. Nach jeder Entladung blies der Wind eine faulig riechende Wolke auf die Stadt zu. Der Hintergrund wallte, wirbelte und schimmerte mißfarben. Ein Neuarkonide, fast schwarzgebrannt, holte mich ein, grüßte und sagte brummend:

»Auf der anderen Seite ist also wieder mal Südwind. Auch auf dem Weg in die stinkenden Sümpfe von Reniar, Kumpel?«

»So wie du?« Ich musterte den kahlgeschorenen Schädel

und die muskelstarrende Gestalt von der Seite. »Auch v
Savage Point? Nach Cataphyl, zu den Buccaneers?«

»Wohin sonst? Aber ich gehe erst in ein paar Tagen. Du hast allerhand hinter dir auf dem langen Weg, wie?«

»Und ich hab's ganz gut überlebt«, erwiderte ich. »Die letzten Kilometer der Wüste zu Fuß und halbverdurstet, an einigen Dutzend Gerippen entlang, von einer Stadt zur anderen, zu Fuß auf Bauernkarren, als Helfer halbblinder Edelsteinschmuggler und mit einer unbeherrschten Rotte schwerbewaffneter Sauroyreiter, der Truppe von Fürst Asmara. Und schließlich als Steuermann eines Versorgungsgleiters, der Waren vom Raumhafen hierher brachte. Ich sag's dir: Leicht war es nicht.«

»Wüste? Gerippe? Von irgendwelchen Tieren?«

»Von irgendwelchen unglücklichen Wanderern.« Ich nickte grimmig und schüttelte mich. »Aras, Springer, Arkoniden und Tefroder hab' ich an den Knochen erkennen können.«

Ich hob die Arme und zeigte ihm die Pflaster, Binden und die langsam verhornenden Flächen des Biomolplasts über der dunkelbraun gebrannten Haut. Noch immer war mein Auge durch einen purpurnen Bluterguß halb zugeschwollen, und ich hinkte ein wenig. Er nickte anerkennend.

Als ich meinen Bericht beendet hatte, standen wir vor der ersten Absperrung. Der Arkonide schlug mir auf die Schulter und verzog das Gesicht zu skeptischem Wohlwollen.

»Ich starte von hier. Du weißt, was dich erwartet...?«

»Asger heiße ich. Ja, ich weiß es. Aber wenn der Weltraum und das freie Piratenleben rufen...«

»... und sie rufen stetig und laut!« Er lachte dröhnend.

»... dann lohnt jeder Einsatz. Viel Glück!«

»Dir noch mehr. Grüß Cyriell Ghirmo von mir und alle anderen jungen, ruhmgierigen Starbuccaneers.«

»Kennst du sie?« Der Transmitter schaltete um und sog lautlos eine Armada unterschiedlicher Reisender und Gerätschaften in seinen gegenstandslosen Schlund ein.

»Niemand kennt sie. Jeder spricht über die Unerreichbaren.«

Ich grinste, schüttelte die Hand meines Nachbarn und

ging auf den Durchlaß der Sperre zu. Ich war der fünfte in der Reihe der Wartenden. Auf der Haut, die sich über der Brustknochenplatte spannte, spürte ich die wärmenden Schwingungen des eigroßen Amuletts, das den Zellaktivator tarnte. Wir näherten uns der Transmitterplattform und gingen auf den schwarzen Streifen zu, der die Trennlinie kennzeichnete.

Wieder wechselte die Richtung der transmittierenden Materie; als das Flimmern vor den Augen, der leichte Schock und das Dröhnen in den Gehörgängen aufhörten, standen wir auf einer riesigen Terrasse, hoch über Feldern, Weiden und Obstgärten, die Omdemacail City, Planet Reniar, vom Quellsumpf des Flusses Ichmane trennten. Es war später Abend; ich ging auf das nächste Wirtshausschild zu, das einigermaßen vertrauenserweckend wirkte.

Vor einer Stunde hatte ein heimtückischer Strudel das flachbödige Kanu aus Flechtwerk, Lederschnüren und Kunststoffolien herumgewirbelt. Jetzt bohrte sich die Sichel des Mondes Oriel zwischen die Sterne. Ich löste eine Schnalle im Gürtel und blickte auf die Datumsanzeige: noch sieben Tage bis zum ersten, einseitigen Kontakt mit der USO-Nachrichtenabteilung. Plötzlich drang der Extrasinn in meine Überlegungen ein: *Keine Sorge, Arkonide! Hätte es große Schwierigkeiten gegeben, in der Galaxis oder in Quinto-Center, würde man dich längst gesucht, gefunden und abgeholt haben!*

Ich verdeckte das Feld der LCD-Ziffern wieder, richtete mit einigen kraftvollen Paddelschlägen den Bug des Kanus auf ein Sternbild aus, das einst auf Terra die Namen der ›Plejaden‹ erhalten hatte, und legte mich wieder hin.

Aus den endlosen Schilfflächen, dem verfilzten Buschwerk und den Bäumen, die auf Vegetationsinseln wurzelten, ertönten Tausende angsteinflößender Geräusche: Schreie, Knarren, Fauchen und Wimmern. Vor den Sternen flatterten riesige nachtjagende Flugwesen. Mein Gepäck war drastisch leichter geworden: Diebstahl, Verlust oder leere Energiespeicher, die weder auf Rootsag noch auf Reniar zu ersetzen waren, hatten bewirkt, daß ich an der letzten Station auf Cataphyl vermutlich waffenlos, verarmt und halbnackt erscheinen würde. Auch für das Kanu hatte ich einem halsabschneiderischen Werftbesitzer, dem undeutlich sprechenden Lourentzz, einen horrenden Betrag gezahlt.

»Nicht aufregen, Fürst Asger von Nadier«, sagte ich, lauter als nötig, zu mir selbst. »Mehr als ein Drittel aller denkbaren Gefahren liegt hinter dir. Mit diesem Schwund hast du rechnen müssen – als erfahrener Dagorkämpfer.«

Das System zur Auslese der Rücksichtslosesten ist perfekt, sagte plötzlich der Extrasinn. *Ob es abstruse Abenteuer in den Siedlungen sind oder die Probleme des Überlebens im leeren Land: Jede Prüfung fordert heraus, und die Resultate addieren sich bis zu den versteckten Raumhäfen Cataphyls.*

Quer über meinen Knien lag das kurzläufige Strahlengewehr, zusammengesetzt aus Einzelteilen und Elementen, die bisher Bestandteile der Taschen und Satteltaschen gewesen waren. Unablässig suchte ich, einsam in der Mitte des Flusses und leidlich wach, nach Gefahren und Angreifern. Das federleichte Kanu trieb nach Süden, dem Großen Tor Reniars entgegen; ich mußte mit etwa siebzig Tagen bis zum Ziel rechnen. Und heute zählte ich die siebte Nacht, die ich überlebt hatte.

Fische sprangen klatschend aus dem schwarzen, nach Morast und salzigem Schlick riechenden Wasser. Große Tiere hoben Hälse und Köpfe aus den Wellen und jagten mit fahl schimmerndem Kielwasser schmatzend nach Beute.

Ein fliegender Nachträuber mit phosphoreszierendem Gefieder schwebte dicht über mir flußabwärts, zog eine enge Kurve und kam wieder auf mich zu. Große Pupillen reflektierten schwefelgelb das Mondlicht; ich griff nach der Waffe. Die Strömung des Flusses sog mich unverändert nach Süden, auf die Scheibe des zweiten Mondes Irial zu. Über mir fauchte der saurierhafte Vogel. Weit voraus, hinter den Bäumen der Flußkrümmung, schimmerten die Lichter der Brükkenstadt Soodhi.

Dein Weg, Arkonide, durch die Länder Makabrien und Abstrusistan ist noch längst nicht beendet; du kennst dies von vielen anderen Welten und über viele Jahrhunderte hindurch.

Ich nickte und entsicherte die Waffe. Das zischende Rauschen der Schwingen über mir wurde lauter. Ich drehte den Kopf hin und her, suchte nach der fliegenden Gefahr und zielte nach oben.

Waren die Stationen der Prüfung beabsichtigt, oder taumelten die zukünftigen Piraten von einem Zufall zum anderen? Wer führte über Abenteuer und Überlebende Buch? Nach welchen Kriterien wählten die Buccaneers ihren Nachwuchs sonst aus? Ich lehnte mich zur Seite, starrte in rasend schnell näherkommende Augen und feuerte einen einzigen langen Schuß auf die Brust des nächtlichen Ungeheuers ab, das sich mit nach vorn gespreizten Krallen, geifernd und mit aufgerissenem Hakenschnabel auf mich herabstürzte. Die Detonation zerfetzte den Körper des Vogelsauriers, überschüttete mich mit einem Regen schmorender Federn und Hautfetzen und blendete mich kurzzeitig. Als der Körper im Wasser versank, bildeten sich schäumende Wirbel, und ich sah im Licht zweier Monde die weißen Zähne der Raubfische aufblitzen. Kreischend und wild um sich schlagend versank der Raubvogel. Das Geschrei unsichtbarer Tiere aus den Uferzonen ebbte ab. Ich atmete durch und fragte mich, ob es klüger sei, weiterzupaddeln oder bei der Brückenstadt anzulegen. Eine Stunde später entschied ich mich, wieder in die rauhe Zivilisation zurückzukehren, und paddelte das breite Boot nach rechts.

Eine Handvoll Tage später folgte ich im gurgelnden Kielwasser der Fähre, die Fleisch und andere Produkte zur schwimmenden Insel brachte. Ich sah zu, wie viele kleinere Boote an den hölzernen Auslegern festmachten, glitt durch die Heckwelle und winkte den Helfern. Sie fingen die Tauschlingen der Fähre auf und belegten sie auf dicken Pollern. Ich zog den schweren Strahler aus dem Holster und versteckte ihn im linken Jackenärmel, in der Achselbeuge. Dann rief ich:

»Ein Flußwanderer bittet anlegen zu dürfen, für Nachtlager und ein Essen.«

»Komm an Bord, Fremder, wenn zu zahlen kannst!«

Die ovale Insel, fünfhundert Meter lang und mittschiffs

etwa siebzig Meter breit, war in der seegroßen Biegung des Flusses vor Anker gegangen. An schenkeldicken Tauen, die zum Bug hinaufführten, spielten Kinder mit feuerroten Brackwasserdelphinen. Über die Bordwand hingen an mächtigen Davits flachbödige Boote in allen Größen, mit schweren Aquajets im Heck. Ich machte mein Kanu fest, warf die Ausrüstung auf die knarrenden Bohlen und trat zurück, um die schwitzenden Träger der Fähre vorbeizulassen.

»Bist du neu hier?« Ein Tefroder hielt ein blitzendes Energiegewehr der letzten Bauserie quer vor den Durchgang. Ich nickte. »Dann fängt dein Weg am Bug an. Links entlang, zum Gleiterlandeplatz.«

Er nahm meinen Energiekarabiner ab und verschloß ihn in einem halb gefüllten Waffenschrank. Dann deutete er auf die leere Waffentasche. Schafe mit weißem, eckigem Gehörn trippelten vorbei.

»Vor einem Tag in den Fluß gefallen«, sagte ich. »Die Fische spielen damit.« Die Bordwände rechts und links der Anlegestelle hingen schräg nach außen und waren mit unterschiedlichen Metallschuppen bewehrt; im Sonnenlicht und dessen Reflexen auf den Wellen warfen sie blendende Funken. Blinzelnd ging ich unter den Obstbäumen, zwischen grasenden Schafen und pickenden Hühnervögeln auf den Ausleger zu, auf dem krachend und mit winselnden Antigravs ein überladener Gleiter aufsetzte. Die Stapel der Ladung schwankten.

Auch die schwimmende Stadt war von fast jeder Art Lemurer-Nachkommen bevölkert. Eine Holztreppe führte zwischen Hauswänden, Stegen, dicken Wanten und Kunststoffschalen, in denen kleinwüchsige Bäume wurzelten, schräg nach unten. Ich schulterte den Schild und meine Ausrüstung. Ein eisernes Gitter versperrte den schmalgewordenen Weg. Ich las: JEDER BESUCHER SCHEITERT AUF EIGENE GEFAHR. RÜCKKEHR NACH DER SPERRE NICHT MEHR MÖGLICH. WILLKOMMEN AUF AYN SUI!

Wieder ein Test, eine Prüfung. Der Logiksektor war aufgeregt; die Erregung übertrug sich augenblicklich auf mich.

Jeder Schritt kann tödlich sein. Denke und handle nach dem Dagor-Prinzip!

Ich stieß das Gitter auf, machte einen Schritt und wartete. Jeder Handbreit der Umgebung konnte mich verletzen oder töten. Noch ein Schritt: Ich duckte mich. Aus den seitlichen Wänden rumpelten blitzschnell armdicke Stangen, die an den Spitzen metallverkleidet waren. Das glänzende Eisen dröhnte und hämmerte gegen die gegenüberliegende Wand. Jenseits einer Fachwerkmauer lachte jemand unbändig. Knarrend zogen sich die lanzenartigen Pfähle zurück. Ich ging weiter; meine Fußspitzen tasteten über den Holzboden. Ich starrte jede Fuge und Kante an, suchte nach Bewegungs- und Benutzungsspuren, versuchte Erfahrung und Intuition mit der geschärften Wahrnehmung Dagors zu verbinden, entdeckte mögliche und wahrscheinliche Fallen und schob mich im engen Korridor weiter. Ich vergaß den strahlenden Mittagshimmel über der schwimmenden Insel.

Mit dem Ende des Bogens drückte ich auf die knarrenden Planken. Wieder riß eine Klappe auf; zwei Schritt weiter, und ich wäre senkrecht neben dem Kiel gelandet.

Eine Treppe erwies sich als Knochenbrecher; ich hangelte mich an abgegriffenen Querbalken weiter, bis ich in eine enge Kammer schlüpfen sollte. Ich wehrte stählerne Stacheln mit dem Schild ab, wartete pendelnd auf das Öffnen und Schließen von Falltüren, riß an Tauwerk und sprang zurück, als Speere aus der Decke fielen und in Bodenlöchern verschwanden. Für kurze Augenblicke sah ich die Spitzen aufblitzen. Die nächste Prüfung brachte mich an einen Vorhang aus Tauwerk, das in verwickelten Knoten vor mir schwankte. Wieder machte ich einen Vorstoß, und jeder Ruck, jeder hastige Versuch, ein Netz aus rhombischen Maschen zu öffnen, ließ Eisennadeln kreuz und quer durch den Gang surren. Sie schlugen in die Wände und blieben zitternd stecken, prallten klirrend vom Schild ab oder bohrten sich knapp neben meinen Stiefeln in den Boden. Ich wartete das Ende des stählernen Hagels ab und überlebte nur, weil ich mich halb instinktiv aus den Schußbahnen der Projektile hinausbewegte.

Dreißig Schritte weiter, nach dem Balancieren auf schwankenden und vibrierenden Bohlen über einer Grube, in der hunderte Flämmchen brannten und stanken, stand ich vor einer massiven Bohlenwand aus Eisenholz. Ein Dutzend Löcher kennzeichneten eine Art Schloß; an dünnen Kordeln hingen eiserne Zapfen. Ich erkannte, daß ich sie nach einem bestimmten Muster in die Löcher rammen mußte, und versuchte schwitzend, ein System herauszufinden. Symbole? Zeichen? Wappen? Buchstaben? Ich tastete die Ränder der Löcher ab und fühlte unter den Fingerkuppen winzige Schleifspuren.

Nach und nach setzte ich die Zapfen in jene Löcher, die sich mit den Buchstaben AYN SUI deckten. Ich drückte gegen die Wand. Sie glitt nach links zurück, die Zapfen klirrten aus den Löchern, und ich stand vor einem zehn Meter langen und einen Meter breiten Schacht, der wieder im Flußwasser mündete. Die Wände waren völlig glatt. Nun grinste ich: Dieser Versuch zählte zu den Dagor-Übungen für Anfänger. Ich zog den Vibrodolch aus dem Stiefel, das schwere Messer aus dem Gürtel und drosch beide in die Seitenwände. Ich stützte mich mit den Sohlen ab, riß ein Messer heraus und versetzte es weiter nach vorn. Mit etwa zwei Dutzend Bewegungen im Zickzack, mit vibrierenden Armmuskeln und rutschenden Stiefelsohlen erreichte ich das gegenüberliegende Ende. Beim letzten Schwung brach das Messer genau am Griff ab. Keuchend blieb ich stehen, sah mich um und erkannte, daß ich mich zwischen den Bauwerken der Insel in vielen rechten Winkeln langsam zum Heck arbeitete.

Ein Dutzend ähnlicher Fallen folgte: Keuchend und müde löste ich bewegliche Bilderrätsel, deren Elemente klickend Türen nach oben zogen und im Boden oder in seitlichen Aussparungen verschwinden ließen, wich einem Fallbeil und einer herunterkrachenden Egge aus und kam, etwa eine Stunde später, zum Fuß einer breiten Treppe. Farbige Türen führten auf halber Höhe irgendwohin, vermutlich in weniger mörderische Bezirke der Insel. Vor jeder Tür stand ein Springer; sie grinsten mich erwartungsvoll und kampfbereit an.

Ich las schweigend die sieben Aufschriften. Fluß-Hotel 150 S., Herberge 125 S., Zum Rostanker 100 S., und so fort. Ganz links hieß es: Zur Mäßigen Gastlichkeit 45 S. Ich hob den Kopf und sagte:

»Was erwartet ihr eigentlich von einem dynamischen Buccaneer mit dem Hang zu entschlossener Rücksichtslosigkeit?«

Ich zog die Waffe unter der Jacke hervor, kippte den Schalter und feuerte siebenmal auf die Wächter. Noch ehe die Männer in weißschwarz karierter Lederkleidung reagieren konnten, brachen sie gelähmt zusammen. Ich stieß die Tür zum ›AYN-SUI-Inn: 72,5 S.‹ auf und stand im hellen Nachmittagslicht, unter früchtetragenden Kirschbäumen und vor dem Eingang zu einem kantigen Turm nahe des Hecks. Ich schleppte Satteltaschen und Schild zum Pult, schlug auf die positronische Meldeglocke und sagte:

»Einen schönen Tag. Ich brauche eine Dusche, frische Tücher, eine schnelle Wäscherei meiner Lumpen, ein Bett und eine Kanne Abendtee. In dieser Reihenfolge und sofort. Wird's reichen, Chef?«

Ein vierschrötiger, weißhaariger Lepsone musterte mich, nahm gleichmütig die Hundertsolarmünze und brummte:

»Den ganzen faulen Zauber ohne Schrammen überlebt, Fremder? Recht so. Ganz oben? In zehn Minuten wird dein Zeug abgeholt. Essen bekommst du dort hinten, über der Heckterrasse. Bist du sicher, daß ich dir nicht eine Frau schicken soll? Wir haben etliche, die sich Anschmiegsamkeit vergüten lassen. Wir lichten erst in drei Tagen die Anker.«

»Für das, was ich zahlen kann, erhalte ich berechtigte Gefühlskälte. Danke, nein«, wehrte ich ab. »Welches Zimmer?«

Ich bekam einen wuchtigen Bronzeschlüssel mit eingravierter Nummer. Als ich danach griff, sah ich, daß der Stein des Ringes, den ich am rechten Daumen trug, in schnellem Rhythmus blinkte. Ich schulterte mein Gepäck, lief die Treppe hinauf und schloß die Tür des Zimmers auf. Ich hatte noch neunzig Minuten Zeit, um die zielprojizierte Durchsage der USO zu empfangen. Langsam zog ich mich aus, warf die schmutzige Kleidung auf einen Haufen, rasierte mich und entspannte die Muskeln unter einer langen heißen und kalten Dusche. Müde, im flauschigen Bademantel, ein Glas Tee in der Hand, lehnte ich aus dem Fenster und beobachtete das Treiben im Heckbereich der Schwimmenden Insel.

Ich schraubte mit der Dolchspitze einen Knopf der Jacke ab, klappte ihn auf und wickelte den unterarmlangen Draht auf. Ich fädelte ihn in eine winzige Schraubklemme des Schildes ein, las die Funktionsanzeige ab und wartete auf den kalten Imbiß. Kleine Schiffe und Dutzende schneller Boote stießen ab und legten rund um die Insel an; zwischen den Ufern herrschte reger Verkehr. Ein kleines Kugelraumschiff jaulte über den Fluß hinweg nach Süden.

Ein unrasierter junger Mann brachte eine große Platte, über der ein leidlich sauberes Tuch lag. Während ich aß und trank, die Umgebung betrachtete und an den weiteren Weg über die gefährliche Landschaft Reniars nachdachte, sah ich auf die Uhr. Knapp eineinhalb Stunden nach dem ersten Kontakt vergewisserte ich mich, daß die Tür verschlossen war, und drückte den Knopf in mein Ohr. Nach dem Kodierzeichen begann der Decoder schleppend zu übersetzen.

»Asics Newlife spricht. Grüße von Rhodan und Mercant. Der Smiler läßt ausrichten: Innerhalb der nächsten zwei Monate startet ein Posbi-Konvoi nach Terra/Luna. Ladung: Informationen, Demonstrationsbauteile und Konstruktionszeichnungen für Transformkanonen. Orientierungspunkte im Raum wie bekannt. Im Center alles in Ordnung. Händler Kage Jeham in Ujreliusz gibt Nachrichten weiter. Paßwort: Virus Flibustii. Antwort: zentrales Plasma. Ende.«

Ich befestigte den Knopf am Jackensaum und tarnte den Schild. Der Logiksektor drängte: *Das ist dein Eintritt ins Schiff der Starbuccaneer und gleichzeitig das größte denkbare Risiko!*

»Ich weiß«, flüsterte ich. »Das ultimate Risiko – für alle Beteiligten. In dieser galaktischen Größenordnung habe ich nicht zu denken und planen gewagt.«

Der Sonnenuntergang zeigte sich in grauen, magentafarbenen und zitronengelben Streifen vor dem riesigen roten

Ball. Ich ordnete meine restliche Ausrüstung, die in zwei Taschen bequem Platz fand, und wartete auf die gereinigten Tücher, Decken und Kleidungsstücke. Über den Dachplanken der Gebäude begannen die Leuchttürme ihr vielfarbig funkelndes Lichtspiel; überall schalteten sich Scheinwerfer und Lampen ein. Ich schlang das verkleinerte, halb ruinierte Schutznetz um die Taschen, steckte den Strahler in die Halterung des inneren Jackenärmels und ging hinunter auf die Heckterrasse, um einen Aperitif zu nehmen.

Ausgerechnet die Posbis, sagte ich mir und setzte mich an einen kleinen Tisch, den Rücken zur Reling. Die gesprengte zweite Haßschaltung während des Krieges mit den Meistern der Insel! Die vielen Dunkelwelten, die Freundschaft des Zentralplasmas mit Perry Rhodan und mir! Wenn die Piraten die Blaupausen und sogar Einzelelemente der Transformkanone erbeuteten, konnten sie sich dafür sozusagen einen Teil der Galaxis kaufen oder ihn erpressen, ausbeuten, versklaven... Die Kellnerin schien über mein kaltes Grinsen zu erschrecken.

»Ein großes, dünnes Bier mit viel weißem Schaum«, bat ich. »Die Terrasse dient allen sieben Herbergen gleichermaßen?«

»Dort oben sitzen die Reichen und Schönen, und unter dir die Kerle aus der verwanzten Absteige. Willst du auch die Speisekarte?«

»Später.« Ich sah mich um. Auf der höchsten Terrasse standen einige Gruppen auffallend gekleideter Arkoniden, Springer und Aras. Ketten und Geschmeide funkelten; das Gelächter selbstsicherer Männer und Frauen hallte über das Wasser. Eine große Frau mit auffallend gefärbtem Haar – schwarze, grüne und silberne Strähnen –, mehr stattlich als schlank, trat an die Reling und blickte nachdenklich über die Wasserfläche. Das schmale Gesicht mit hohen Wangenknochen und großen, mandelförmigen Augen erschien mir seltsam vertraut; meine Erinnerung würfelte und vermischte die Bilder. Ein zufälliger Blick, später ein zweiter, längerer, traf mich. Als ich meinen fast leeren Humpen hob, war sie zu ihrer Gruppe zurückgegangen. Ich kehrte aus nutzlosen

Träumereien in die Gegenwart zurück und aß beim Schein des Windlichts den Energievorrat für die nächsten Tage: heiß, fett und abwechslungsreich. Der heiße Kirschsaft, in dem tiefrote Weinbeeren rotierten, ließ mich die nächsten stechmückenverseuchten Flußkilometer vergessen.

Die Stadt Ujrelisz bedeckte einen schiffsbugähnlichen Felsvorsprung, der rechts den Fluß überragte. Weiter landeinwärts gab es einen kleinen Raumhafen, hinter dem Wall aus dreihundert schmalbrüstigen weißen Häusern mündete die Scheycha mit schwärzlichem Wasser. Ich kämpfte mich im strömenden warmen Regen gegen Strömung und durch Wirbel zum Flußhafen, zerrte danach das Kanu über die Schrägrampe auf die triefenden, ausgebleichten Bohlen. Ein einbeiniger Eysaler, an dessen stählerner Krücke mehrere Schrauben fehlten, polterte auf mich zu.

»Du wirst mein stolzes Schiff bewachen? Oder wirfst du mich in den Fluß?« Ich hielt eine Fünf-Solar-Münze in einen flüchtigen Sonnenstrahl. »Und wo finde ich den Laden von Kage Jaham?«

Er nickte, biß auf die Münze und gab stammelnde Laute von sich. Ich deutete auf meine Zunge; wieder nickte er, steckte die Kupfermünze ein und deutete auf das erste Haus einer schmalen, aufwärtsführenden Gasse, deren Stufen und Mauerwerk die Spuren letzter Hochwasser zeigten.

»Danke, Meister«, sagte ich und schlug das Wasser aus der Hutkrempe. »Ich werde ihn rasch finden.«

Unter großen Schirmen flickten Fischer ihre Netze. Gerber kippten stinkende Lauge auf das Pflaster, wo sie sich mit dem Regen schäumend vermischte. In den Kellern der Häuser befanden sich Werkstätten, die Läden öffneten sich im Erdgeschoß. Hinter den Balkonen aus Stahlelementen und Plastikbausteinen schienen die Hafenbewohner zu leben. Ich las die Aufschriften und versuchte die fantastischen Aushängeschilder zu deuten.

»HÄNDLER DER MONDE & STERNE – K.s. Jeham« entdeckte ich am neunten Haus der linken Seite, über einem strahlend weißen Kunststoffbaldachin. Hier, an diesem späten Nachmittag, spürte ich weder Unruhe noch die Erregung lauernder Gefahren; ich ging vier Stufen hinauf und schob einen rasselnden Vorhang aus vielen halb daumengroßen Totenschädeln aus Knochen, Elfenbein und Stein zur Seite.

»Händler Kage Jeham? Ich bin Asger von Nadier und kaufe dir einen Rat ab, wenn er brauchbar ist.«

Aus dem Hintergrund, inmitten eines unglaublichen Sammelsuriums schwer erkennbarer Handelswaren, schob sich die Gestalt eines kahlköpfigen, schmächtigen Mannes. Seine Stimme war guttural, kam aus der Tiefe des dicken Halses.

»Nur schlechten Rat gibt's bei Jeham kostenlos. Und mit den richtigen Worten kommt man überall hinein. Was sind deine Wünsche?«

Ich legte acht leere Energiemagazine auf den Tisch und durchforschte mit Blicken die Regale nach einem Hyperfunkgerät zwischen Gefäßen aus Glas und Porzellan.

»Ein alter arkonidischer Wanderer auf dem Weg zu den Verstecken der Buccaneerschiffe braucht volle Energieblocks, eine gute Herberge und eine Nacht, die gutem Gespräch unter Freunden dient.«

»Etwa über das Virus Flibustii?«

»Oder auch über das zentrale Plasma, Sternenhändler Kage.«

»Willkommen, Sir«, flüsterte er und schob seine Pranke über den Ladentisch. »Sie brauchen keine Herberge. Ich bin allein; für eine Nacht oder so haben wir beide genug Platz. Für Essen sorgt Wirt Pomptum um die Ecke. Aber ich kann nur in Raffercode senden.«

Ich hinterließ eine nasse Spur, die ins Hinterzimmer führte, wo viele Teile stationärer Roboter auf der Werkbank lagen und an den Wänden hingen. Kage schaltete starke Scheinwerfer ein.

»Kein Problem. Ich brauche nicht viel Text. Wo ist das Funkgerät?«

»Am Raumhafen, gut versteckt, Sir... Asger. Wird über Hochultraschall angesteuert. Ich bin nicht anzumessen.« Er sah auf die Uhr und wühlte in einem Schrank. »Sendezeit ist immer genau Mitternacht. Dort ist das Bad. Sie sind gekommen, um sich bei mir neu auszurüsten?«

»Alles klar«, sagte ich. »Wir bleiben beim planetaren ›Du‹, und ich bin ein dahergekommener Arkonide. Gibt's hier etwas zu trinken?«

»Ich habe eben den Mittagstee aufgegossen. Laß dir Zeit. Deine Sachen kann ich im Lackierschrank trocknen. Ich hole etwas zum Knabbern. Und, natürlich haben wir genug neue Energiezellen.«

Ich dankte und drehte die Hähne auf. Heißes Wasser und duftende Kräuterauszüge erzeugten knisternden Schaum. Als ich ausgestreckt in der Wanne lag, brachte Kage einen großen Becher exzellenten Tee. Nicht ganz eine Stunde danach waren meine Kleidung trocken und gesäubert sowie die Stiefel geputzt, und auf der rückwärtigen Terrasse, die auf einen ordentlichen Garten hinausführte, standen Sessel an einem gedeckten Tisch.

»Jeder, der die Planeten betritt, wird unbemerkt, aber gründlich gecheckt: weiterhin tabu für USO. P.-Schiffe bestens versteckt. Buccaneers werden an die bekannten galaktischen Umsteuerpunkte herangeführt. Achtung: äußerste Deckung. Wahrscheinlichkeit, daß zwölf moderne Schiffe und rund elfhundert Mann angreifen, sehr groß. Chef wird an Bord eines Schiffes sein, ist etwa in zwanzig Tagen im Startbereich Cataphyls.«

Ich besprach das Band. Kage schaltete Verzerrer und Raffer ein, während das Pergament verkohlte. Er kontrollierte das Band zweimal und löschte es, als der Text im Mikrochip verankert und der winzige Speicher in der Kapsel seines Ohrschmucks versteckt war. Ich lehnte mich vor und sagte:

»Es wird meine einzige Sendung bleiben, Kage. Was weißt du über Cyriell Ghirmo?«

»Nur viele Gerüchte.« Er zuckte mit den Schultern. »In der Stadt kennt sie niemand. Man sagt, daß sie ihre Namen oft wechselt und mitunter ihr Kastell auf Cataphyl verläßt, nur um archäologische Grabungen zu betreiben. Sie hat, angeblich, keinen festen Liebhaber, und niemand war je in ihrem Kastell.«

»Sehr erschöpfend«, murmelte ich. »Gehen wir essen? Ich lade dich zum besten Wirt in ganz Ujrelisz ein.«

»Angenommen. Gehen wir zu Jaamshedi, in der Obergasse. Tut mir leid, daß ich nur Energiemagazine und ein Messer hatte. Der Nachschub nach Reniar läßt in diesen Monaten stark zu wünschen übrig.«

»Nichts zu machen. Los. Gehen wir. Der Regen ist vorbei.«

Zweihundertfünfzig Schritte die Gasse aufwärts, in einer hellen Gaststube mit etwa siebzig Plätzen, bekamen wir den besten Tisch und einfaches, hervorragendes Abendessen. Kage Jehams Gefährtin brachte ihre üppige schwarzhaarige Freundin mit, und wir verbrachten einen fröhlichen Abend und eine kurze, sehr leidenschaftliche Nacht. Schon bei Sonnenaufgang regnete es wieder aus dunkelgrauen Wolken.

Westlich des sandigen Deltas, in dem sich das Meerwasser mit dem Schwemmgut des Flusses vermischte, erhob sich aus der Brandung eine Felsbarriere und setzte sich wie eine endlos lange Düne mit eingekerbtem Grat landeinwärts nach Norden fort. Ich bezwang meine Erregung; die Umgebung strahlte eine schwer greifbare Gefahr aus. Gestern und heute hatte ich mehrere Male eine Space-Jet jenseits des Felsgrats landen und aufsteigen sehen. Am Meeresufer, westlich von meinem Standort, lagen auch Tiden Finport und das Große Tor nach Cataphyl.

Ich schwebte auf dem Schild, die Sonne im Rücken, über eine Landschaft aus Sand, Salztümpeln und Strandhafer; die Gegend hätte in der Camargue Terras liegen können. Aufsteigende heiße Luft verwischte alle Umrisse; selbst hinter den dunklen Gläsern der Brille blieb das Gelände konturenlos.

»Und wo sind die verdammten Karawanen?« brummte ich. Reiherartige Vögel wateten durch den Sumpf. Ein Raumschiff startete, vielleicht dreißig Kilometer weit entfernt, und nur als mächtiger Lichtblitz zu erkennen. »Hoffentlich reicht die Energie.«

Je mehr ich mich den ersten Hängen des Felsrückens näherte, desto häufiger sah ich, begünstigt durch winzige Schatten, die Reste eines versteinerten Waldes. Manche Stämme ragten mit wuchtigen Wurzeln mannshoch aus dem Boden. Überall lagen, wie zerbrochene Säulen uralter Tempel, Teile von Stämmen im salzüberkrusteten Sand. Lautlos glitt ich auf den einzigen Einschnitt zwischen den Felsen zu, den ich im Glas hatte sehen können. Zu den drei Aasvögeln, die hoch über dem leeren Land ihre Kreise zogen, kamen mehr schwarze Schatten; sie näherten sich von allen Seiten. Ich überquerte den tief eingetretenen Handelspfad. Es gab nur alte Spuren. Aber jetzt folgte ich einem uralten Weg, flog schneller und tauchte in die unbewegte Hitze zwischen den Felsen ein. Jetzt waren es schon mehr als zwei Dutzend Adler oder Geier: tiefschwarze Doppelsicheln im strahlenden Blau.

»Wo viel Geier, Asger, dort auch viel Aas«, sagte ich mir und legte die Hand um den Kolben der Waffe.

In den Felsen tauchten Höhlen, Säulenreste und Mauern auf, uralt und zerfallen, einst vom Meer bedeckt und wieder freigelegt. Der Pfad wand sich an der tiefsten Stelle des Felsendurchbruchs im Zickzack dahin. Ich beobachtete die kreisenden Vögel und schwebte um einen überraschend gleichmäßigen Spitzkegel herum, als die ersten Vögel sich wie Meteoriten schräg zu Boden fallen ließen. Der Weg gabelte sich, ich folgte der linken Spur und hörte Geräusche. Tiefes, kurzes Gebell, wütende Schreie und das Klirren von Metall auf Stein hallten zwischen den Ruinen. Ich entsicherte die Waffe und sah hinter einem Granitwürfel von fünfzehn Metern Kantenlänge eine Space-Jet in Großversion. Eine Gestalt, die von mindestens dreißig schakalgroßen Tieren angegriffen wurde, wehrte sich mit einer armlangen Metallstange, schlug wild um sich und versuchte, auf die Gangwayleiter des Raumschiffes zuzulaufen.

Vor dem Eingang des schwarzen Kubus lagen zuckende und leblose Körper. Ich sah, als ich auf die angreifenden Tiere in der Nähe der Gestalt feuerte, weiße Gebisse mit nadelspitzen Zähnen und behaarte Skorpionschwänze. Die Körper der getroffenen Tiere wirbelten blutend und schmorend durch die Luft und überschlugen sich im Sand. Die Metallstange beschrieb Halbkreise aufwärts, abwärts und waagrecht und traf mit mörderischem Knacken auf Knochen und in die geifernden Gebisse. Arme und Hände der Gestalt bluteten; als sie wieder herumfuhr und zuschlug, sah ich einen fast hüftlangen hellbraunen Zopf: Es war eine Frau im schmutzigen, zerrissenen Overall. Die Schakalskorpione sprangen auf mich los, aber mein Schild schwebte zu hoch für ihre Rachen. Ununterbrochen feuerte ich aus der Hochenergiewaffe und verschaffte der Frau soviel Luft, daß sie sich fünf Sprossen weit hochziehen konnte. Sie warf die Stange und tötete ein springendes Tier.

Die Vögel landeten mit weit aufgerissenen Schnäbeln, krächzend und flügelschlagend, auf den Kadavern oder neben ihnen und schlugen mit Klauen und Schwingen nach der Frau und mir. Ich wurde beinahe von dem Schild geworfen, als ich mit beiden Händen den Abstrahlwinkel der Waffe verstellte und dann über meinem Kopf schwenkte. Ein röhrender, zuckender Fächer blendender Energie verbrannte den Sand zwischen mir und der Leiter und traf die letzten vier Bestien, die sich noch bewegten. Sie verendeten bellend und zuckend.

Ich schaltete die Antigravprojektoren ab, sprang in den Schatten des diskusförmigen Schiffes und feuerte ein paarmal auf die Aasvögel. Sie sackten mit brennendem Gefieder zwischen die rauchenden Kadaver; gräßlicher Gestank breitete sich zugleich mit dem fahlen Rauch in der Luft aus. Ich setzte den Stiefel auf die unterste Sprosse.

»Warum bist du angegriffen worden? Ich hab' zwei Stunden lang kein Tier außer ein paar Watvögeln gesehen.«

»Der Geruch aus dem Loch«, antwortete die Frau. Als sie sich den Schweiß aus dem Gesicht wischte, verschmierte sie das Blut von ihren Handgelenken. »Und mein Geruch. Das einzig Lebendige in zwanzig Kilometern Umkreis. Das reicht, um die Moiders aus ihren Löchern zu locken.«

»Verstehe. Ich bin auf dem Weg zum Großen Tor. Nach Tiden Finport. Asger Nadier, Arkonide. Will zu den Buccaneers.«

»Cura Garr. Von Cataphyl. Danke, Fremder. Wahrscheinlich hätten mich die Bestien in Stücke gerissen. Sie waren plötzlich alle gleichzeitig da und gingen auf mich los. Komm ins Schiff. Du siehst auch etwas mitgenommen aus.«

»Mit größtem Vergnügen.«

Wir kletterten durch die Bodenluke. Die Schleuseninnentür summte auf; kühle Luft, in der schweres Parfüm hing, schlug uns entgegen. An der Außenhülle und dem Gestänge der Landebeine hatte ich deutlich starke Benutzungsspuren sehen können, aber das Innere wirkte elegant, teuer und sehr gepflegt. Ich setzte Taschen und Schild ab, sie zeigte auf die Sanitärzelle und sagte:

»Ich schalte den Medorobot an. Dort drüben, der Kühlschrank, ist gefüllt. Sei mein Gast – bediene dich.«

»Danke, Frau Kommandant.«

Ich war zwanzig Minuten später gewaschen, trug ein frisches Hemd und ging durch einen Teil des Ringkorridors, einen selbsterhitzenden Becher Kaffee in der Hand, in einen bernsteinfarben eingerichteten Aufenthaltsraum. Zwei große Monitoren zeigten, stark gefiltert, die Umgebung. Die letzten Aasfresser hackten auf die Kadaver ein und zerrissen sie. Als ich leise Schritte hörte, drehte ich mich um. Cure lehnte sich an die Tischkante und nickte lächelnd. Sie trug das Haar offen und nun anstelle des Overalls ein weißes, bodenlanges Kleid mit Stoffgürtel und handgroßer Platinschnalle.

»Du willst nach Cataphyl, nicht wahr? Soll ich dich mitnehmen, Asger? Ich bleibe ungern etwas schuldig.«

Sie strahlte beeindruckende Selbstsicherheit aus. Ich breitete die Hände aus und sah in ihre Augen. Sie waren goldbraun mit grünem Funkeln, eine Seltenheit bei Springer-Arkonidennachkommen. Cure Garr ging zum deckenhohen Kühlschrank und kam mit zwei großen Gläsern voll Rotwein zurück.

»Danke. Du weißt, ich bin auf dem langen Weg zu den Buccaneers. Zählt ein luxuriöser Transport in einer Jet ebenfalls zu den bewerteten Prüfungen?«

Ich zweifelte an meiner Erinnerungsfähigkeit. Einige ihrer

Bewegungen kamen mir vertraut vor. Sie hob das Glas und deutete lässig zur Decke aus kunstvoll verzierten Emailplatten.

»Alles zählt. Ich habe mit den Buccaneers nichts zu tun, aber irgendwie hat jeder auf Cataphyl mit den Piraten zu schaffen.« Sie nahm einen Schluck Wein. Ihre Finger waren lang, wirkten aber kräftig, die Handgelenke schmal. »Wenn du mit mir fliegst, gilt es als bestandener Test; schließlich hast du da unten gründlich aufgeräumt, mein Leben und somit das Leben einer... wichtigen Person gerettet. Ist das deine gesamte Ausrüstung, Asger?«

»Ja. Der Rest davon. Selbstverständlich fliege ich gern mit dir. Was hast du eigentlich in dem Steinwürfel gesucht?«

Sie lachte und machte eine Geste der Unwichtigkeit. »Ein schätzungsweise dreitausend Jahre altes Grab. Oder etwas Derartiges. Gelegentlich beschäftige ich mich pseudowissenschaftlich. Hält dich irgend etwas auf Reniar?«

»Nein.« Ich schüttelte lachend den Kopf. Jetzt hatte ich mein Gegenüber wieder erkannt: Es war die Frau auf dem Deck der Schwimmenden Stadt mit den gefärbten Haarsträhnen. Einen Verdacht, der noch abenteuerlicher war, wagte ich noch nicht auszusprechen. »Du warst vor etlichen Tagen auf der Schwimmenden Insel und hast mit wichtig aussehenden Frauen und Männern gesprochen und gegessen.«

»Richtig. Stadtfürsten und Bergherren des Planeten.«

»Ich hab' da weniger aufwendig geduscht und etwas getrunken. Ich schlage vor, du fliegst deine eigene Jet. Wenn's nötig ist, assistiere ich dir.«

»Du kannst ein Raumschiff fliegen?«

»Ein desertierter USO-Mann, fast ein sogenannter Spezialist mit Auszeichnung, sollte eigentlich auch größere Einheiten selbständig fliegen können.«

Sie leerte ihr Glas, nahm mir mein leeres Glas aus der Hand und stellte es in das Spülgerät, verriegelte Kühlschrank und ein paar andere Fächer und winkte mir, als sei ich ein schlechtbezahlter Angestellter. Wir enterten eine teppichbespannte Treppe durch einen völlig runden, ebenso luxuriösen Wohn- und Arbeitsraum, in dem ich auf Zeichentischen lange Schriftreihen, Stereoaufnahmen, Vermessungsdaten und in schlingersicheren Wandflächen eine umfangreiche Lesespulen-Bibliothek sah. Cura Garr schaltete eine schwere Musikwiedergabeanlage ein und kletterte die Treppe bis zur Pilotenkanzel hinauf. Ich setzte mich in den Sitz vor den Funkgeräten und bewunderte die teuren, neuen Geräte. Mein Verdacht erhärtete sich.

Mit der Sicherheit und Schnelligkeit eines Meisterpiloten betätigte Cura die Schaltungen. Die Schleuse schloß sich, die Jet begann brummend zu schweben, und die Landestützen schoben sich in die untere Diskusschale. Wir flogen langsam auf die ferne Silhouette der Stadt zu, umwabert von lauter Musik; eine sinfonische Bearbeitung von Liedern, die ich auf Rootsag und Reniar schon oft gehört hatte. Meine Stimmung schlug um. Ich konnte nicht an einen Zufall glauben, und dieser Überfall der Schakalskorpione konnte nicht geplant worden sein. Aus welchem Grund hätte sie mich treffen wollen?

»Man muß auch auf Cataphyl reich sein, um ein solch feines Schiffchen fliegen zu können.«

»Der Begriff Reichtum ist relativ.« Ihre Stimme war kühl. »Ich habe das Glück, unabhängig zu sein, auch von den Starbuccaneers. Das Leben eines USO-Spezialisten ist auf Cataphyl ungefähr so viel wert wie eine Handvoll Sand.«

»Das weiß ich, schönste Cura Garr«, sagte ich. Zwischen dem Meeresstrand und der Stadt schälten sich zwei turmhohe Säulen aus dem Hitzeflimmern der Luft. Dazwischen breitete sich das Transmitterfeld aus. Cura schaltete das Funkgerät ein und sprach einige Worte im Befehlston. Einige Gleiter, die eben starteten, drehten nach rechts und links ab. Wir schossen in voller Fahrt durch das Große Tor und tauchten ein in einen frühen Abend im gelblichen Licht der Sonne Cataphyls.

»Ein wenig bin ich überrascht«, sagte ich, als die Jet beschleunigte und einen programmierten Kurs einschlug, siebenhundert Meter über schroffen Bergen und weiten Tälern voller Weiden und Wälder. »So viele Aufmerksamkeiten für einen heruntergekommenen Arkoniden wie mich? Ich glaube kaum, daß ich mich je werde entsprechend bedanken können.«

»Es gefällt mir so. Stell keine unqualifizierten Fragen. Ganz bestimmt nicht wegen deiner männlichen Ausstrahlung.«

»Vermessenheit zählt nicht zu meinen täglichen Übungen.« Ich ging nach unten und holte ohne Fragen zwei Gläser. »Du bist eine kluge, starke Frau. Es ist ein Vergnügen, in deiner Gegenwart zu sein und deinen Händen zuzusehen.«

Sie drehte den Pilotensessel um neunzig Grad, musterte mich mit geradezu wissenschaftlicher Leidenschaftslosigkeit und zuckte mit den Schultern. Sie sagte, ohne zu lächeln:

»Ich gebe einer Laune nach. Im Haus, allein, brauche ich heute einen guten Plauderer und einen Freund von Rotwein und Kaminfeuer. Oder willst du unter einem Baum schlafen?«

»Nicht unbedingt, Herrin.« Ich wartete, bis ich sicher war, daß sie die Jet auf dem kiesbedeckten Rondell zwischen den weißen Häusern im Landhausstil landen würde. Ein Swimmingpool von ungewöhnlicher Größe breitete sich zwischen den ineinandergeschachtelten Rechtecken aus. »Ich verspreche dir, mich deiner Einladung würdig zu zeigen; ich weiß, was ich sage.« Als der weiße Kies unter den Landetellern knirschte, schloß ich lächelnd. »Es ist nicht ganz unwahrscheinlich, daß jeder von uns vorgibt, ein anderer zu sein. Mag sein, daß sich hie und da die Maskierung ein wenig lüftet.«

Ich bot ihr höflich die Hand. Wir verließen die Kommandokuppel und leerten langsam die Gläser. Die schöne Frau schaltete die Musikanlage aus, und als wir nebeneinander auf den Eingang aus geschnitzten Bohlen, Steinsäulen und Glassitplatten zugingen, wußte ich zuverlässig, daß ich Gast von Cyriell Ghirmo war, einer der mächtigsten Fürstinnen von Cataphyl oder der drei Planeten.

Sicher wirst du den Aufenthalt genießen, sagte der Logiksektor mit unüberhörbarer Warnung. *Sag ihr nicht, wer du bist; versuche zu erfahren, wer sie wirklich ist.*

Lautlos rollte die acht Quadratmeter große Scheibe hinter uns in die Aussparungen. Stille und Ambiente eines alten Hauses, erbaut in einer faszinierenden Synthese zwischen Moderne und einem Stil, der mich an das frühe Japan erinnerte, nahmen mich gefangen.

8.

Das Gästehaus neben der Terrasse zum Swimmingpool enthielt gefüllte Schränke und eine halbrobotische Küche; es war wie jeder Raum, den ich bisher gesehen hatte, exquisit-sparsam eingerichtet. Honiggelbe Lampenschirme verstreuten gedämpftes Licht. Ich fand eine Badehose, hielt die Hand vor den Unterbrecher und wartete, bis schwere Vorhänge und die raumhohe Scheibe zur Seite glitten. Entweder versteckte sich eine aufmerksame Dienerschaft, oder der größte Teil des ›weißen Kastells‹ wurde positronisch überwacht: Zwanzig Unterwasserscheinwerfer schalteten sich ein.

Ich hechtete in den Pool und machte meine Züge in perlendem Wasser, das nach unbekannten Mineralien roch. Anspannung, Müdigkeit und die Erregung über die Frage, ob Cyriell meine Identität aufgedeckt hatte, lösten sich auf wie die Reste des Shampoos. Als ich die hundertzwölf Meter des amöbenhaften gewundenen Pools zum fünftenmal beendete und den Milchsteinrand packte, stand Cura/Cyriell vor mir. Sie stellte ein Glas, halb voller Eiswürfeln, an den Beckenrand.

»Es ist ein unbeschreibliches Vergnügen«, prustete ich und warf mein Haar zurück, »dein Gast zu sein. Ist heute mein Geburtstag?«

Sie streifte lächelnd den Umhang ab und hielt sich die Nase zu. In einem Mikrobadeanzug sprang sie in den Pool und überschüttete mich, die Gläser und den Umhang mit einem Tropfenregen. Sie schwamm in rasendem Tempo zwei Lagen und tauchte neben mir auf.

»Ich kenne kaum deinen Namen. Woher wüßte ich deinen Geburtstag?«

»Weiß ich ihn kaum«, sagte ich. Ihr Körper war durchtrainiert und makellos. »Alles hier funktioniert lautlos: Ich sehe keine Diener, keine Maschinen.«

»Das Kastell fügt sich meinen Wünschen«, erläuterte sie und griff nach dem Erfrischungsgetränk. »Hast du alles, was du brauchst?«

»Mehr als ich wünschen könnte.« Ich drehte mich auf den Rücken. Über uns erschienen die beiden einzigen Monde Cataphyls. Cyriell betrachtete mich ruhig. »Du stammst auch von Arkoniden ab, nicht wahr?«

»Gemischtes Geschlecht«, sagte sie. »Springer und Neuarkoniden. Ich erfuhr etwas über meinen Stammbaum während der Anstrengungen zur ARK SUMMIA.«

Es traf mich wie ein Fausthieb. ARK SUMMIA! Ich starrte ins prickelnde Wasser, hob den Kopf und war weder über ihr selbstsicheres Lächeln noch über andere Einzelheiten ihres Verhaltens erstaunt.

»ARK SUMMIA. Jeder einigermaßen gebildete Arkonide kennt diesen Begriff«, flüsterte ich. »Ich fange an zu verstehen, uraltes Geschlecht und so. Reiche Eltern, beste und kostspielige Erziehung. Ich mußte trotz der nichtssagenden fürstlichen Herkunft in den Sümpfen arbeiten, um die Voraussetzungen zur ARK SUMMIA finanzieren zu können. Die von Nadier sind bettelarm und auch nicht sehr stolz.«

Ich grinste und tauchte quer durch das Becken. Meine Gedanken wirbelten. Wenn ich mich länger in ihrer Nähe aufhielt, riskierte ich, identifiziert zu werden. Cyriell war zweifellos gewohnt, daß ihr jeder Mann zu Füßen lag. Ich mußte mich anders verhalten. Plötzlich war ich Gast im Zentrum der unzähligen Fürsten und Grafen geworden, der Buccaneer-Angehörigen der drei Welten.

»Und diese triste Lebensgeschichte bringt dich auf den Weg zu den Piraten, Asger von Nadier?« Sie schwamm, ohne die Arme zu bewegen, zu den Stufen und wickelte triefend den Umhang um die Schultern. »Wenn dein Benehmen noch immer deiner Herkunft entspricht, denke ich darüber nach, ob ich dich zu Soodhi Thirmospoder bringe und ein paar gute Worte für dich einlege. Wir essen in einer halben Stunde?«

»Bis dahin habe ich mein Make-up aufgefrischt und mich meiner fürstlichen Manieren erinnert«, versprach ich. Meine Ironie prallte an ihr ab. Wir betraten das Kastell durch zwei verschiedene Eingänge; ich roch die harzigen und salzverkrusteten Kloben eines Kaminfeuers.

Ich wählte samtweiche, wadenhohe Stiefel, eine weite Hose und ein Hemd aus schwerem Stoff. Im Bad standen schwere Kristallflacons unterschiedlicher Marken; sie hatten allesamt den gleichen Inhalt. Ich benutzte das Duftwasser sparsam, ging in den Hauptbau hinüber und schichtete frische Scheite aus Treibholz in die heruntergebrannte Glut. Vor dem Kamin standen ein großer, kostbar gedeckter Tisch und zwei Sessel. Ich füllte die Gläser und zündete etwa ein Dutzend Kerzen an. *ARK SUMMIA!* sagte der Logiksektor mürrisch. *Das wird nicht die einzige Überraschung bleiben. Arkonide!*

Ich lehnte mich gegen den Kamin und wartete. Musik schwebte schmeichelnd durch den Raum. Ich erkannte ein frühes Stück Singh Boncards, betrachtete staunend das Arrangement und fühlte mich in ganz andere Zeiten und an längst vergessene Orte versetzt. Cyriell trat lautlos ein, in einem weißen, knapp knielangen Kleid, hohen Sandalen und mit exakt der Menge Schmuck, die angebracht war. Ihr Haar, silbern bestäubt, ringelt sich in fünfzig Lockensträngen; sie war überaus dezent geschminkt und glitt über den Teppich.

»Sehr gut.« Sie blinzelte mit überlangen Wimpern in die Kerzenflammen. »Du hast nur eine Prise Räucherharz vergessen.«

»Einen Augenblick, Madam.« Ich streute hellgraues Pulver in die frische Glut und blieb in bewußt devoter Haltung hinter ihrem Sessel stehen. »Welche Themen bevorzugst du als Tischgespräch, Cura?«

»Möglichst geistreiche.« Sie griff unter die Tischplatte und schnupperte, als der Harzgeruch milde narkotisierend durch den Raum zog und sich mit den Musikklängen zu vermischen schien. »Ich glaube fast, du schaffst es, Asger.«

»Vermutlich.« Drei Roboter, steril wie Schaufensterpuppen, servierten lautlos das Essen. Ich rückte Curas Sessel zurecht und sagte im Plauderton: »Ein Teil deines Kastells könnte unter Pinien am Cape Ferrat stehen, ein anderer Teil am Rand der Camargue. Mir persönlich fehlen in deinem Anwesen viele gute Bilder, möglichst Originale, woraus ich schließe, daß dein Innenarchitekt nicht viel taugte, zumindest von den etwa dreißig wirklich guten Stilarten Terras nie etwas gehört hat. Fünf klassische *Fuchs*-Lithographien, etwas, das deinen Forschungen näherkommt, also ägyptische Hieroglyphentafeln, am besten, wegen der Reinheit des Stils, aus dem Mittleren Reich. Amenemhet Zwo oder später, und etwas wenig Gegenständliches von *Vincente Carduccio*, demselben, dessen Werk die Piraten aus der WENZEL VON TRONCA raubten. Neben den Kamin, beispielsweise, zwei *Roger van der Weyden*. Natürlich teure Holo-Kopien. Soll ich dir, nach dem ersten Einsatz mit den Buccaneers, beratend zur Seite stehen?«

Cura hatte sechs, sieben Happen gegessen, dann die Gabel sinken lassen; jetzt starrte sie mich aus mandelförmigen Augen über den Rand des Glases an und schien zu versteinern. Ich aß mit ausgezeichnetem Appetit, was Platten und Schüsseln hergaben, und füllte in klassischer Butler-Haltung die Gläser wieder auf.

»Wer ist Roger von der Weyden?« Für lange Augenblicke bröckelte ihre Selbstsicherheit ab. »Und wer bist du – wer bist du wirklich?«

»Ein alter Arkonide, der weit herumgekommen ist, unter anderem auch im Rahmen der USO-Ausbildung, und überall dort, wo ich war, habe ich gelernt, was ich lernen konnte.« Ich aß weiter; Cura betrachtete mich wie ein neuentdecktes Wesen von jenseits des Adromedanebels. »Es würde den Rahmen deines Entgegenkommens sprengen und dich zusätzlich adeln, mich künftig nicht als Soziopath zu betrachten. Ich bin keiner von jenen Männern, die kennenzulernen du bisher das zweifelhafte Vergnügen hattest. Noch etwas Wein?«

Ihr schmales Gesicht spiegelte sich im roten Spiegel des Weines. Sie brauchte lange, um zu überlegen, schließlich sagte sie:

»Nun bin ich dreiunddreißig Jahre alt geworden, Asger, und noch nie hat jemand mit mir so gesprochen.« Sie nahm einen zu großen Schluck. »Möglicherweise war ich zu lange allein hier auf Cataphyl, vielleicht sind deine Worte hochstaplerische Suada; immerhin. Ich werde darüber nachdenken. Tatsächlich hat unser Gespräch dank dir die Ebene der Trivialität leichterhand verlassen.«

»Wie ein gasgefüllter Ballon.« Ich war von Cura/Cyriell hingerissen und bemühte mich, es nicht zu deutlich zu zeigen. Sie trank etwas zu schnell und etwas zuviel; ich legte ihr Braten und andere Köstlichkeiten auf. Ein stummer Diener wechselte Geschirr und Essen, der Luftzug ließ die Kerzenflammen flackern. Ich murmelte: »Laß dich nicht über Gebühr beeindrucken, Herrin. Erst wenn ich mit den Buccaneers einige galaktische Erfolge gehabt habe, wage ich, mit dir wie mit einem meiner Klasse zu sprechen.«

»In zwanzig Jahren bin ich aber eine alte Frau, Asger.«

»Dann ist erst ein Fünftel deines Lebens vorbei, wenn dich nicht vorher Schakalskorpione anspringen. Was mich zur nächsten Frage bringt, die mich seit der Landung auf Rootsag bewegt: Wie schaffen es die Buccaneers, nicht von SolAb oder USO ausgehoben zu werden? Denn selbst ich habe hervorragende Karten der Planeten. Sonst hätte ich meinen Weg kaum überlebt.«

Sie hob die Brauen, zuckte mit den Schultern und murmelte:

»Sie landen sehr selten. Die Landeplätze sind weit verteilt und ausgezeichnet getarnt. Trotzdem: Würde die SolAb mit hundert Schiffen über die Planeten herfallen, käme alles heraus. Thirmospoder denkt schon über eine neue Welt besserer Verstecke nach. Mein Glas ist leer.«

»Bist du sicher, am Fuß dieses Abends noch nüchtern zu sein?« Ich griff zögernd nach der Karaffe.

Zorn blitzte aus ihren Augen. Ihr Zeigefinger berührte fast meine Stirn. Sie flüsterte:

»In meinem Haus trinke ich soviel, wie ich will. Bisher habe ich jeden Mann unter den Tisch getrunken.«

»Mich allerdings noch nicht.« Ich lächelte. »Moment. Das

Feuer.« Ich legte salzüberkrustete Kloben auf und bestäubte sie mit Harz, füllte unsere Gläser mit Quellwasser und hörte, daß nun die ›Savannengräser‹ von Peter Gray gespielt wurden. Mehr und mehr wurde mir bewußt, daß gerade die für mich absolut wichtigste Nacht auf den Piratenplaneten angebrochen war. Hier und heute entschied sich vieles, und alles davon galt meinem Überleben. Der androgyn gestaltete Robot brachte die Nachspeisen. Eine Plattform voller Flaschen und einem interessanten Sortiment Gläsern schwebte heran und hielt zwischen Tisch und Feuer.

»Du bist ein ungewöhnlicher heruntergekommener Arkonide, Asger von Nadier.«

»Meine wenigen Freunde sagen das gleiche.« Ich wählte eine giftgrüne Flüssigkeit, von der ich wußte, daß sie den Kopf klärte, und schob das Glas zwischen den Kerzenhaltern zu Cura hinüber. »Und nun, zum guten Ausklang, könntest du mir dein weißes Kastell zeigen, schöne Gastgeberin.«

»Mit Vergnügen.« Sie wirkte in sich gekehrt, als sie meinen Arm nahm, irgendwelche Lichtschranken unterbrach und mir das kleine Observatorium zeigte, die Arbeitsräume voller archäologischer Zeichnungen, Hologramme und Fundstücke, die Robotküche, eine Bibliothek, deren Größe mich fast mit Ehrfurcht erfüllte, den Gleiterhangar, die Hyperfunkanlage und die Energiestation; die Grenzen des Grundstücks waren in der Dunkelheit nicht mehr zu erkennen. Am Ende des Rundgangs – in der Längsausdehnung maßen die elf verschieden großen Häuser etwa zweihundertfünfzig Meter – verbeugte ich mich tief, küßte ihren Handrücken und deutete auf die reich geschnitzte Silberpinienholztür meines Zimmers.

»Ich danke, Cura, für einen unvergeßlichen Abend. Ich werde kaum schlafen.« Ich versenkte meinen Blick in ihre Augen. »Ich liege wach da und sinne darüber nach, warum ich dich nicht früher kennenlernen durfte. Gute Nacht, Gastgeberin.«

Ich verbeugte mich und schloß leise die schwere Tür hinter mir. Die Nacht war warm; ich öffnete die Fensterläden, streckte mich aus und verschränkte die Arme hinter dem

Nacken. Kurz griff ich nach der Waffe unter dem Kissen, und nur ferne Vogelschreie und das Sirren einer Mücke durchbrachen die Stille. Ich schlief mühelos ein.

Etwa drei Stunden vor dem Morgengrauen riß mich die Warnung des Extrasinns in die Höhe. Ich riß die Waffe hoch, ließ sie aber sinken und schob sie unters Bett, als ich Cura/ Cyriell erkannte. Sie trug ein bodenlanges, hauchdünnes Gespinst und in den Händen eine Karaffe und ein Glas.

»Mein Bedürfnis, mit dir zu reden, ist größer als meine Müdigkeit«, sagte Cyriell. »Ich habe zum erstenmal seit langer Zeit das Problem, ein Rätsel lösen zu müssen.«

»Die Nacht der Überraschungen«, sagte ich, breitete die Arme aus und zog Cyriell an mich. »Welches Rätsel? Sind wir morgen früh, oder mittag, noch Freunde?«

Ein wenig unsicher füllte sie das Glas, setzte sich neben mich. Sie war nunmehr jung, verletzlich und sehr schön.

»Das Rätsel Asger. Freunde? Feinde? Gegner? Es liegt an uns.« Sie lehnte sich gegen mich. Ich schob Kette und Zellaktivator über meine Schultern. »Ich weiß es selbst nicht.« Sie zögerte. »Warten wir's ab. Ich bin verwirrt wie selten. Warum brennen hier keine Kerzen?«

Wir küßten uns, zuerst nur zögernd, schließlich leidenschaftlich, und in den folgenden zwölf Stunden verliebten wir uns ungestüm ineinander. Aber ich verriet nicht, wer ich war. In den Pausen der langen Nacht bemühten wir uns, den anderen nicht zu Geständnissen zu überreden oder zu Themen zu zwingen, die der Erosion der Zeit nicht widerstehen konnten. Eng aneinandergeschmiegt schliefen wir bis Mittag. Grelles Sonnenlicht und Peter Grays Sternensymphonie weckten uns.

Nach einer langen zweiten Nacht, in der wir viel lachten, Anekdoten erzählten und über uns sprachen, landete der Gleiter unter den Ästen eines uralten Baumes. Das Felskap, auf dessen Rand wir zugingen, hing hoch über einem gewaltigen Tal. Die Sonne ging auf. Tautropfen funkelten an Gräsern und Blättern. Winzig klein lag das weiße Kastell außerhalb der Talmitte. Ich nahm Curas Hand; wir setzten uns auf den moosbedeckten Findling. Aus den Kaminen einiger großer Farmgehöfte stieg Rauch bewegungslos in den Himmel.

»Unsere Planeten sind dünn besiedelt. Einzelne Grafschaften, große Flächen, liegen inmitten riesiger, leerer Landstriche. Du siehst meinen Besitz: bester Boden für bestimmte Sorten Getreide, Gemüse und Früchte. Sie werden bis nach Terra exportiert und sehr gut bezahlt.« Curas Arm beschrieb eine großzügige Geste. »Ich nehme viel Pacht ein und sehe im Farmzentrum nach dem Rechten. Schulen, Krankenhaus und Verwaltung unterstehen mir, Asger.«

»Reichtum bedingt soziale Verpflichtungen«, sagte ich. »Aber deine Brüder oder Angehörigen fliegen nicht mit den Buccaneers?«

»Weder noch; ich habe keine Brüder. Ich kenne den Springer Soodhi Thirmospoder gut. Wer kennt ihn nicht? Du wirst ihn heute nacht sprechen, genauer: Er wird dir bösartige Fragen stellen. In fünfzehn Tagen wird die J. F. DRAKE erwartet. Überlebst du seine Befragung, könntest du mit der DRAKE starten.«

»Danke. Wann hast du mit ihm gesprochen?« Ich verbeugte mich und küßte ihre Fingerspitzen. »Jetzt weiß ich wieder nicht, was ich sagen soll. Durch dich habe ich natürlich schneller und leichter Zugang zum Ober-Buccaneer bekommen.«

Sie musterte mich fast mitleidig und hob die Schultern.

»Vor zwei Stunden habe ich unseren Besuch angekündigt. Wenn du ein paar falsche Antworten gibst, läßt er dich töten. So oder so. Außerdem ist Thirmopoder kein Buccaneer.«

»Sondern? Erster unter Gleichen? Gesetz und Richter?«

»So ist es. Uralt, weise und jenseits täglicher Belanglosigkeiten. Ich hoffe, du hast nichts zu verbergen, weil... es liegt mir einiges an dir. Wenn du denkst, ich könnte dich retten – vergiß es.« Sie deutete nach Nordosten. »Dorthin fliegen wir nach dem Abendessen.«

»Ich habe verstanden. Also keinen Rotwein; es bricht möglicherweise unser letzter gemeinsamer Tag an. Ob wir wieder zu deinem famosen Pool und den kühlen Wonnen des Kastells zurückfliegen, Cyriell Ghirmo-Zoltral?«

Cyriell zuckte nicht einmal zusammen. Sie stützte das Kinn in den Handteller und musterte mich sehr nachdenklich. Ein Sonnenstrahl traf das breite Armband und löste es in blendendes Goldgleißen auf. Sie flüsterte.

»Du bist ein heruntergekommener, kluger Arkonide, Asger. Es wäre wirklich schade um dich; ich glaube, ich würde sogar trauern.« Sie atmete tief durch und stand auf. »Ein Picknickkorb ist im Gleiter. Sagen dir Brandung, Dünen und Sonne zu?«

»Eine herrliche Alternative«, sagte ich und zog sie an mich. »Wo ist euer Meer?«

»Wie zumeist – im Süden. Komm.«

Die schwere Maschine jagte vierzig Minuten lang mit höchster Geschwindigkeit südwärts. Wir landeten in der Mitte von hundert Kilometern menschenleerem Strand, spannten ein Schattensegel und liefen Hand in Hand in die Ebbebrandung. Einer jener unvergeßlichen Tage verging, viel zu schnell, und als wir in der Abenddämmerung im Pool das Salz von unserer Haut wuschen, überfiel uns erwartungsgemäß eine melancholische Stimmung. Sie hielt an, bis Cyriells Space-Jet auf dem Felsplateau der düsteren Burg Duncan aufsetzte, dem Sitz des Patriarchen Thirmospoder.

Sechs Überschwere nahmen mir Vibromesser, Dolch und Strahler ab und eskortierten uns schweigend eine Freitreppe hinauf, bis ans Ende eines säulenlosen Gewölbes. Auf einer erhöhten Kreisfläche, mit weißem Teppich bespannt, standen Tische und hochlehnige Sessel, Lampen und Lesegeräte. Ein weißhaariger und weißbärtiger Springer, hager, hohlwangig und größer als zwei Meter, im schwarzen Wildlederanzug, stand hinter Folienstapeln und Zeichengerät auf, musterte lächelnd Cyriell und starrte mich schweigend an. Er hob eine Hand, an deren Finger sieben schwere Ringe funkelten.

»Nimm dort Platz, junge Fürstin, und hör zu. Es wäre schade, wenn die Hochenergie deine aufwendige Haarpracht versengen würde. Du, Fürst Asger Nadier, sitzt hier, wo ich dich hören und sehen kann.«

Er reichte mir die Hand; sein Händedruck war trocken und hart wie Bronze. Ich setzte mich auf einen Stuhl aus Schmiedeeisen mit Kissen aus Asbeststickerei. Im Halbdunkel des Raumes bewegten sich unruhig die Wachen. Die Spannung zerriß mich fast; ich mußte mich auf mein absolut perfekt arbeitendes Gedächtnis verlassen und durfte nicht einen einzigen flüchtigen Fehler machen. Trotz allem konnte mich Thirmospoders berechtigtes Mißtrauen in eine Falle locken und töten. Er lehnte sich zurück. Ich legte den rechten Arm auf die eiserne Lehne und hob den Kopf.

»Ich bin Soodhi Thirmospoder und habe das wenig vergnügliche Amt, über fremde Schicksale entscheiden zu müssen. Da meine Entscheidung auch die Schicksale vieler Fürsten sowie deren Brüder und Söhne, auch einiger Töchter betrifft, habe ich diese Verpflichtung auf mich genommen. Wer bist du, woher kommst du, welche Namen bürgen für dich, und warum willst du zu den Starbuccaneers? Fang bei der Geburt an.«

Ich zog aus der Jacke meiner ramponierten Kleidung eine dünne Mappe und legte sie auf den Tisch, während ich zu sprechen anfing. Ein Überschwerer hob sie auf und verschwand wieder. Ich schilderte im Verlauf von mehr als hundertachtzig Minuten meinen Lebensweg und dachte nicht einmal an die Spezialisten des Historischen Korps der USO, die diese Legende entworfen und verifiziert hatten. Ich schilderte meine harte, umfassende Ausbildung in dieser Organisation, meine Differenzen mit Ronald Tekener und Atlan und die Stationen der Flucht. Ich endete mit dem Mordversuch auf dem letzten ›zivilisierten‹ Planeten, holte tief Luft und schloß:

»Mein Weg durch die Wiedernisse Rootsags, Reniars und, weniger hart, auch Cataphyls müßtest du inzwischen kennen.«

Der Überschwere legte meine Mappe aufgeschlagen vor Soodhi, dessen leidenschaftslose Blicke mich nicht ein einziges Mal losgelassen hatten. Er hob den positronischen Ausdruck hoch, las und zerknüllte ihn und warf ihn in den Abfallvernichter.

»Kenne ich; fast jede Stunde.« Seine Stimme klang, als habe *er* drei Stunden lang geredet. »Bevor ich mich zur Entscheidung gedrängt fühle – was bietest du den Buccaneers als Einstiegsgeschenk? Ein lohnendes Ziel?«

»Ein Ziel, das mich auf der sozialen Leiter an Bord der DRAKE sofort vom Rohrreiniger zum Magazinverwalter bringen sollte: Eine Hand wäscht die andere, wie es das Imperiumswappen so trefflich ausdrückt. Ist ein Geleitzug der Posbis von der Hundertsonnenwelt nach Luna, zu NATHAN, ein interessantes Ziel für eine Übernahme?«

»Mehr als das.« Soodhi nickte. »Mit Zwischenaufenthalten in der Galaxis? Und mit wichtiger Ladung?«

»Drei Fragmentraumer. Mit Zeichnungen, CAD-Programmen und Demonstrations-Einzelteilen für Verbesserungen und Neukonstruktionen der Tranformkanonen und der Materiewandler. Ich kenne die traditionellen Raumgebiete, in denen die Posbi-Roboter die nächsten Sprünge einleiten. Natürlich werden dort auch SolAb- und USO-Schiffe herumschwirren.«

»Seit wann weißt du davon?«

»Ich dekodierte die Meldung zwei Tage vor meiner Flucht.«

»Und die Daten stimmen?«

»Bisher waren die Posbis eher überpünktlich.«

»Wissen Atlan und Rhodan davon?«

»Selbstverständlich. Die beiden haben mit den Stahlkerlen von der Hundertsonnenwelt irgendein persönliches Freundschaftsabkommen. Vor knapp dreißig Jahren haben die Meister der Insel die Welt Rando Eins gesprengt. Für Daten über die Transformkanone zahlen die vereinigten Springersippen ebenso wie jede andere Gruppe in der Galaxis jeden vorstellbaren Betrag. Sind wir da einer Meinung?«

Wieder nickte Thirmospoder und stellte neue Fragen. Ich antwortete, so gut ich konnte, schlug einigermaßen entspannt die Beine übereinander und sagte:

»Die Koordinaten der Umlenkpunkte sage ich dem Astrogator an Bord des Schiffes. In einem Standardmonat müßten die Buccaneers an Ort und Stelle sein. Mir sind Atlan, Rhodan, die galaktischen Gruppierungen und alles andere ziemlich egal. Ich will ein hartes, abwechslungsreiches Leben haben und eines Tages, wenn ich alt und lasch geworden bin, meinen Besitz irgendwo hier verwalten, so wie Cyriell Ghirmo. Oder ist das eine hirnrissige Vorstellung?«

Der Springer stand auf und streckte den Arm über den Tisch.

»Deinen Eid leistest du an Bord des Schiffes. Such's dir heraus: die DRAKE oder ein paar Tage später die SILVER. Wäre ich Buccaneer, würde ich sagen: Willkommen, Fürst Asger von Nadier.« Ich spürte den eiskalten Schweiß auf jedem Quadratzentimeter Haut. Er betätigte einen Schalter. Über der Insel im Gewölbe erkannte ich flüchtig die Strahler, die sich auf mich und den Sessel konzentrierten. »Du siehst, wir spaßen selten. Mancher Mann verkohlte an deinem Platz.«

»In diesem Fall hätten deine Erben, Patriarch, vielleicht unterdrückt gejubelt. Du wärst mit mir zusammen gestorben.« Ich streifte den rechten Jackenärmel zurück und zeigte ihm den Muskelreflex-Hochenergie-Projektor. »Was nichts am mißlichen Ausgang meines Leidensweges geändert hätte.«

Er zwinkerte und holte tief Luft. Als Soodhi meine Dokumentenmappe schloß, die auch brauchbare USO-Planetenkarten enthielt, zitterten seine schwer beringten Finger. Ich grinste und stand auf, reckte meine verkrampften Muskeln und fragte halblaut:

»Man wird Fürstin Cyriell benachrichtigen, wenn die SILVER landet?«

»Ja. Das Schiff lädt in zehn Stunden ein und aus und wechselt Teile der Mannschaft. Große Eile wird geboten sein.«

»Ich war stets, wenn's um Wichtiges ging, pünktlicher als ein Posbi, Patriarch. Ich danke für deine geduldige Befragung.«

Wir verabschiedeten uns. Schweigend kam Cyriell an meine Seite. In einer Nische des Gewölbes blieb ich stehen und betrachtete die Hologramme der Wappen und Schriftzüge.

Alle Buccaneerschiffe trugen Namen aus Terras Geschichte: STOERTEBEKKHER, P.H. KILLIGREW, MISS MARY READ, ROCK DE BRASILIAAN, CALICO-JACK RACKAM, FRANÇOIS L'OLONNAIS, JOHN MORGAN, WWE. TSHING, JOHN HAWKINS, CAPTAIN FLINT, MISS ANNE BONNEY...

»Überlebt und geschafft, geliebte Cyriell«, murmelte ich und ließ mir von den Wachen die Waffen aushändigen. »Es bleibt die Hoffnung, mich nach dem ersten Einsatz lebend wiederzusehen – falls du es willst.«

Meine Ironie prallte wieder an ihr ab. Schweigend kletterten wir in die Jet. Als ich neben ihr saß, sagte sie tonlos:

»Mir wäre wohler, wenn du ein heruntergekommener, ganz normaler Verbrecher wärst. Eines nicht so fernen Tages wird dich die gesamte USO durch die Galaxis hetzen.«

»Weitaus eher hetze ich Tausende von USO-Leuten über noch weitere Strecken.« Ich schob einen Musikchip ins Gerät und sah zu, wie sie die Jet startete. »Wart's ab. Wir stehen erst am Anfang der Abenteuer.«

»Du wirst mir immer unheimlicher, Asger.« Sie schaltete den Autopiloten ein. »Und das ist die verdammt lausigste Basis für eine Partnerschaft.«

Schroffe Felsen, gotisch-postmoderne Pfeiler und Quaderformationen warfen im rot-grünen Licht der Monde Moire und Alimpsa seltsame Schatten, als die Jet um den Berg herumkurvte und zum weißen Kastell zurückjagte. Ich ging nach unten, holte gefüllte Gläser und sagte, nicht weniger ernst:

»Wir kennen uns noch nicht lange, Cyriell. Ich werde bewußt nichts tun, um unsere Partnerschaft, die hoffentlich mehr ist, zu gefährden. Da hast du das große Ehrenwort eines heruntergekommenen Arkoniden. Ich besuche dich hier, wenn die Fragmentraumer-Sache vorbei ist. Sei ganz sicher: Wenn einer überlebt, bin ich es.«

Sie schwieg bis zur Landung. Wir wechselten die Kleidung und schwammen lange; ich wurde meine Erregung, die gesamte Spannung los. Nun hielt mich Cyriell nicht mehr nur für ein heruntergekommenes Subjekt, sondern für einen

Verbrecher, und das schien – bei aller ihrer Sympathie für die Buccaneers – ihre Seele nicht zu vertragen. Aus dem Drama beginnender Leidenschaft schien sich eine Groteske zu entwickeln. Ich ging ins Haus, fachte das Kaminfeuer an und programmierte, während ich die Kerzen anzündete, einen späten Imbiß. Atlan in der SILVER, mit einem Kaperbrief Cataphyls; das konnte selbst Fürstin Cyriell Ghirmo-Zoltral aus dem stabilen seelischen Gleichgewicht bringen.

»Es ist gedeckt, Fürstin!« rief ich. »Und die Nacht tut, was sie so unsympathisch macht. Sie schreitet fort.«

Sie hatte sich gefangen und kam lachend herein, wirbelte in einem schwarzen Kleid aus Spitze und Silberstickerei zum Kamin und bewunderte die Reflexe der Flammen. Ihr Haar war kunstvoll gekämmt, gedreht und geflochten. Sie nahm aus meinen Fingern das Glas, legte den Kopf auf meine Schultern, und ich hörte mich leise sagen:

»Laß dir viel Zeit für dein Urteil, Cyriell. Vielleicht, nein, höchstwahrscheinlich, findest du ein wenig mühsam im Nebel der Gegenwart, was wir für die Zukunft brauchen. In fünfunddreißig Tagen – merk dir die Zahl – sieht die galaktisch-politische Landschaft ganz anders aus. Du und ich wir werden's schaffen, wenn du willst.« Ich schob sie auf Armeslänge von mir weg und sah eindringlich in ihre Augen. »Ich weiß, was ich tue; ich habe sehr lange darüber nachgedacht. Und bis zum Start der SILVER verdrängen wir beide dieses Thema völlig. Versprochen?« Sie nickte. »Setz dich; ich muß Räucherstaub ausstreuen.«

Es gelang uns. Wir waren klug genug, uns an diese Vorgabe zu halten. Nicht nur in dieser Nacht, auch an den vielen Tagen und Nächten bis zur Landung des Schiffes. Cyriell brachte mich an den geheimen Stützpunkt, einen Talkessel von abenteuerlicher Formation, wo die SILVER in rasender Eile beladen und ausgeladen wurde. Kapitän Dougherty Horcammen schickte mich in Laderaum Sieben und brüllte:

»Alles andere, wenn wir im Raum sind. Alle Kisten mit gelber Aufschrift aus dem Schiff, Asger.«

Wir umarmten uns. Ich rannte die Gangway hinauf und fühlte den Rand des Schildes, der gegen meine Nieren hämmerte. In der Schleuse sah ich ein Schild: *Lasciate ogni speranza*: Laßt alle Hoffnung fahren! Siebzehn Minuten später stieg die SILVER mit vollem Schub aller Triebwerke fast senkrecht in den Himmel.

9.

Die Ausstattung des Raumschiffes mit seinen hundertfünfzig Metern Durchmesser näherte sich im übertragenen Sinn der romantisch-literarischen Version aus der klassischen Zeit terranischer Piraten an. Die Namen auf der Außenhülle, ausnahmslos aus der terranischen Historie, in Arkonstahl eingeätzt und eingraviert, waren vom üppigem Ranken- und Zierlinienwerk in vielen Farben umrahmt. Korridore und Innenräume zeigten entsprechende Dekoration. Kapitän Horcammen schien auf Sauberkeit und Präzision Wert zu legen: nirgendwo entdeckte ich ein Staubkorn.

Vierundzwanzig Stunden Bordzeit nach dem Start – ich hatte bisher Laderäume gefegt, Verpackungsmaterial gestapelt und verschnürt sowie den Raumanzug in meiner winzigen Kabine Nummer A16 mit ausgebauten Elementen des Schildes präpariert – hallte die Durchsage:

»Fürst Asger von Nadier möge sich binnen dreißig Sekunden in der Kommandozentrale einfinden, und zwar mit sauberen Fingernägeln und nüchtern. Bordoverall. Das Team, das zur Eidabnahme bestimmt wurde, wird vollzählig erwartet. Tempo, meine Herren von der Freiwache!«

Ich ließ das feuchte Handtuch fallen, schlüpfte in die rotweiß-silberne Kombi, zog die Säume der Stiefel zu und rannte los. Das Schott war offen; etwa vierzig Mann hatten sich im Kreis zusammengedrängt. Der Kapitän, ein narbiger Akonen-Nachkomme, drehte seinen hochlehnigen Sessel und stand auf. Das Schiff raste mit sechzig Prozent Lichtgeschwindigkeit durch einen mir unbekannten Teil der Galaxis. Ich näherte mich dem Steuerpult, sah mich langsam um und sah Datenfolien auf dem Pult, dazu die Zeilen meines Dossiers auf einem Monitor. Horcammen sagte laut und scharf betont:

»Wir sind einhundertelf Männer in der SILVER. Jeder ist ein Teil des Ganzen. Wir sind unterwegs zu einem Punkt in der Galaxis, zu dem uns der Neue hier führt; es wäre die größte, beste und teuerste Beute seit vierzig Beuteflügen. Da jeder auf jeden achtet, kann uns Asger Nadier nicht betrügen, und keiner von uns betrügt ihn. Heb deine Hand, Asger.«

Er winkte mich näher. Ein Mann brachte ein kopfgroßes Glas, gefüllt mit hellgelbem Alkohol. Alle sahen zu, wie Horcammen mit einem Vibrodolch meine Daumenwurzel ritzte. Er zählte laut einundvierzig Tropfen, verrührte das Blut im Glas, dessen Inhalt sich bräunlich färbte, hob es hoch und nahm den ersten Schluck.

»Du bist in unsere Gemeinschaft aufgenommen, Asger.«

»Das weiß ich«, sagte ich und griff nach dem Glas. »Ich verspreche euch allen, daß ich tun werde, was notwendig ist. Nicht weniger, bestimmt mehr. Ich kenne nur wenig aus eurem Leben, aber ich schwöre, daß dieser erste Einsatz, an dem ich teilnehme, ein Ende haben wird, das jedem von uns gerecht wird. Habe ich mich undeutlich ausgedrückt?«

»Er wird's schon schaffen – wen Cyriell liebt!« brummte eine heisere Stimme aus dem Hintergrund. Ich trank und gab das Glas weiter. Jeder Buccaneer nahm einen Schluck, schüttelte meine Hand, dabei nannte er seinen Namen. Kaum ein Name schien wirklich zuzutreffen; sie hießen ›Gunner‹, ›Knife‹, ›Skinner Eins‹, ›Tommy Kew‹ oder ähnlich. Horcammen setzte sich wieder und übernahm zusammen mit Doony Khurd die Steuerung. Als das Glas leer war, ging ich zum Astrogatorenpult und tippte die galaktischen Koordinaten des ersten Punktes ein, eines bedeutungslosen Roten-Riesen-Systems, drehte mich herum und sagte laut:

»Die Wahrscheinlichkeit, daß ich mich irre, ist gering. An dieser Stelle kehren die drei Posbi-Fragmentraumer zum erstenmal in den dreidimensionalen Raum zurück. Sie brauchen weniger Zeit als wir, um sich zu orientieren. Keine fünfzehn Minuten lang. Verfehlen wir sie, gibt es weitere drei

Punkte, die ich kenne. Wenn ihr den Überfall versaut, ist es nicht meine Schuld; ich bin mit dem Säubern der Laderäume noch nicht fertig. Danke euch allen.«

Das war der Eid, sagte der Logiksektor trocken. *Du hast nicht zuviel versprochen. Sieh zu, daß du lebend davonkommst.*

In den nächsten Tagen verständigten sich alle Buccaneerschiffe untereinander mit Hyperraumsprüchen. Von verschiedenen Operationsgebieten aus flogen die Piraten den definierten Punkt an. Sämtliche Geschütze, Traktorstrahl-Zielgeräte und Projektoren wurden mehrmals überprüft; ständig wurden Scheinangriffe geflogen. Horcammen herrschte über Mannschaft und Schiff wie ein autokratischer Piratenhäuptling aus archaischer Zeit, aber binnen zehn Tagen verwandelte sich die SILVER in eine jederzeit funktionsbereite Kampfmaschine. Ich lernte die Sternenräuber kennen: eine wilde Schar überaus tüchtiger Individualisten, Egomanen und Eigenbrödler. Man hätte sie nicht anders erfinden können; genau jene Gruppierung, die ich erwartet hatte. Es gab keine Schwierigkeiten, mich fast völlig zu integrieren.

Mein Raumanzug war fertig ausgerüstet, der Schild nicht mehr als eine konkave Metallscheibe. Ich zog die dicke Folie von der Oberschicht, erfreute mich am alten Gonozalwappen und befestigte ihn mit Karabinerhaken am Rückenteil des Anzugs. Zum errechneten Zeitpunkt erschienen wir im Zielgebiet und schwenkten in einen engen Orbit um einen großen Asteroiden ein; nacheinander trafen elf Meldungen ein. Die Buccaneers versteckten sich in der Korona des Gasriesen und auf dem atmosphärelosen Planeten. Dann begann das Warten.

Nur ES und irgendein morbider Allgeist wissen, woher du dein Selbstvertrauen und dein Vertrauen in Tekeners USO schöpfst, wisperte der Extrasinn. Er war grämlich. *Der gesamte Vorgang drängt sich auf eine terranische Viertelstunde zusammen. Wissen eigentlich die Posbis, welche Rolle sie bei alledem spielen?*

Ich hob die Schultern und setzte die Giftschutzmaske zusammen. Dougherty ›Horc‹ hatte mich dem ersten Enterkommando zugeteilt. Während sämtliche Ortungsgeräte doppelt besetzt waren, herrschte in allen Schiffen atemloses Schweigen; nur die wenigen Arbeitsgeräusche unterbrachen die Stille mit scharfem, überlautem Knacken und Klirren.

Minuten addierten sich zu ereignislosen Stunden; ein Tag kroch lautlos in den nächsten, und es war wie eine Erlösung, als Horcammens unnatürlich sachliche Stimme aus jedem einzelnen Lautsprecher und Interkom flüsterte:

»Alle Mann: In offenen Raumanzügen und mit voller Ausrüstung an die Plätze. Der erste Strukturschock ist angemessen worden. Zählappell! Äußerste Schnelligkeit!«

Wir rannten los. Von meiner Kabine hatte ich es nicht weit bis zum Gleiterhangar. Ich verstaute blitzschnell meine Ausrüstung rund um den Pilotensitz, während ich mit der Linken die Maschinen einschaltete. Klirrend klappten die Halteklauen auseinander; nur ein Haken hielt das gepanzerte Beiboot. Sechs Mann zwängten sich hinter mir in die harten Sitzschalen und klinkten die Gurte ein; die Strahlerkanonen im Bug und Heck wurden bemannt. Ununterbrochen knisterten die Lautsprecher, die Luftversorgung summte. Rechts und links der Schleusentore blinkten die roten Lichter. Ich drehte mich herum, grinste und meinte:

»Wird eine feine Sache, Rocket, mit den Robotern. Ein wenig werden sich die Posbis schon wehren, denke ich. Ich bleibe außerhalb unserer Breitseiten.«

»Du hast nicht zufälligerweise einen achtfachen Schnaps eingepackt?«

»Ich halt' mich an Horcs Befehle.«

Die SILVER beschleunigte und bremste, schien Spiralkurs zu fliegen; in den Anzugslautsprechern waren die leisen Funksprüche anderer Schiffe zu hören. Die Buccaneers gingen jetzt auf Parallelkurs und näherten sich dabei den Fragmentraumern. Auf dem winzigen Interkommonitor wirkten die Bilder wie Ausschnitte einer Spielzeug-Raumschlacht. Noch war kein Schuß abgefeuert worden.

Fast explosionsartig öffneten sich die Schleusentore, kaum daß die grünen Lampen blinkten. Ich löste die Arretierung und schoß mit dem Beiboot wie ein Projektil aus dem Riesenluk.

Ein wildes, aufgeregtes Bild breitete sich vor uns aus. Je vier unserer Schiffe hingen schräg über den Posbiraumern und konzentrierten ihr Feuer auf die Schutzschirme. Gleichzeitig griffen die Energiebalken der Traktorstrahlen nach den seltsam zergliederten Kolossen von der Hundertsonnenwelt. An wenigen Stellen waren die Posbi-Schutzschirme durchlöchert und waberten in ersten Auflösungserscheinungen. Jedes Buccaneerschiff hatte mehrere Gleiter ausgeschleust, die sich außerhalb der Strahlenbahnen bewegten. Die rote Glut, die der gewaltige Gasball ausstrahlte, verlieh der Szene einen unwirklichen, bösartigen Glanz. Die Traktorstrahlen aus einem Dutzend Schiffe bremsten die hohe Eintauchfahrt der Posbiraumer ab.

Die Raumschlacht war in vollem Gang: die Fragmentraumer feuerten zurück. Alles geschah völlig lautlos. Strahlen in mehreren Färbungen zuckten hin und her, auf den Schirmen breiteten sich wabernde Energiemuster aus, rote, gelbe und kreideweiße Glutbälle detonierten und blendeten uns mit flackernder Helligkeit. Ich pirschte mich auf das Heck des hintersten Fragmentraumers zu und wartete darauf, daß die USO-Schiffe geortet wurden. Ich knurrte:

»Ohne ein großes Strukturloch kommen wir nicht an die Bordwand heran.«

Verirrte Strahlen trafen einige Beiboote. Die Buccaneers feuerten aus sämtlichen Geschützen. Dicke Rauchschwaden trieben auseinander. Wir fegten durch eine Wolke verbrannter Gase, deren Inneres von den Energieblitzen durchzuckt wurde. Die Bordwand des Raumers schob sich riesengroß an uns heran. Lichter blitzten, tiefe Schatten erfüllten die zerklüfteten Vorsprünge, Kanzeln und Einbuchtungen des dahinjagenden Schiffes. Ein Schirmfeldprojektor barst in einer grellen Detonation, der Schirm löste sich auf, und der nächste Strahl fetzte ein riesiges Stück aus der Bordwand. Im vagen Licht erkannte ich einen Raster aus Innenräumen, denen die Wand fehlte. Der Gleiter schoß vorwärts und schob sich zwischen verkrümmten, ausgeglühten Trägerelementen und verzerrten Platten auf das Schiffsinnere zu. Ich befahl drängend:

»Anzugshelme schließen! Bereit zum Entern, Buccaneers!«

»Bereit!«

Die Halsverschlüsse klickten. Der Beibootkiel schrammte funkensprühend über Metall. Ich bremste ruckhaft; die Schleusentüren schmetterten auf. Als die Buccaneers hinaussprangen und in der Schwerelosigkeit auf die nächsterreichbaren Träger, Griffe oder Bauelemente zudrifteten, drehte ich das Beiboot um hundertachtzig Grad, und endlich fing das überraschte Geschrei auf allen Funkkanälen an.

»Andere Raumschiffe! Voraus, auf der Fluggeraden! Hinter der Roten Sonne! Bei mir auch. Es sind ein paar Dutzend! Viel mehr! Die verfluchten Schiffe kommen von allen Seiten.«

Ich grinste in mich herein und startete mit offenen Schleusentüren genau ins energetische Kielwasser des Posbischiffes hinein und direkt auf die MISS ANNE BONNEY zu. Noch immer feuerten die Piraten auf ihre ›Opfer‹, deren Geschwindigkeit drastisch abgenommen hatte. Flüchtig erhaschte ich einen Blick auf mein Enterkommando, dessen Mitglieder die Arme hochrissen, die unhörbar hinter mir herschrien und überlegten, ob sie feuern sollten; aus den Lautsprechern drang ein aufgeregtes Durcheinander von Dutzenden Stimmen in allen Tonarten und Lautstärken. Ich schob den Fahrthebel vor und wich im Zickzack den langen, grellen Energieblitzen aus.

Die USO-Einsatzgruppe ging kein Risiko ein. Ungezählte Schiffe näherten sich buchstäblich aus allen Richtungen. Ich kannte die Taktik großer Schiffsverbände; die Schiffe nahmen zunächst Positionen ein, die den Punkten auf einer riesigen Kugel entsprachen. Dann bewegten sie sich gleichzeitig, mit derselben Geschwindigkeit, auf genau definierte kosmische Koordinaten zu. Es mußten Hunderte sein!

Ich drehte mich um, beugte mich nach links und rechts, beobachtete den Front- und den Heckmonitor und raste davon. Ein gewaltiger Schlag traf das Heck des Beiboots und wirbelte das Raumfahrzeug wild herum; der Treffer war vermutlich ein Zufall gewesen. Ich jagte einer Gruppe von Kugelraumern entgegen, die auf die Buccaneers feuerten, und geriet für lange Sekunden in den hypnotisierenden Einfluß starker Psychostrahler. Ich ließ die Griffe der Steuerung los, das Beiboot geriet ins Trudeln und überschlug sich über die Querachse.

Wieder schlugen Treffer ein; ich wußte nicht, ob ein Geschütz der Buccaneers seine vernichtende Energie in den Rumpf des Beiboots hineinhämmerte oder ob die USO-Kommandanten mich für einen Flüchtenden hielten. Eine Meldung über Funk abzusetzen war sinnlos; es schienen fünfhundert Leute gleichzeitig zu schreien. Ich griff in die Schenkeltasche des Anzugs, zog die Bojensonde heraus und drückte mit den Daumen im Raumhandschuh den Auslöser. Ich warf das Projektil durch die Schleusenöffnung und spürte die harten Explosionen, in denen sich Teile der Triebwerke in weißglühenden Fetzen auflösten. Hinter mir blitzten Laserstrahlen fächerförmig in alle Richtungen, wechselten die Farben, und als Antwort blinkte ein Kugelraumer vor mir, vor dem Hintergrund des roten Gasriesens, mit allen Landescheinwerfern. Ich riß die Gurtsicherung auf und stemmte mich hinter den Kontrollen hervor.

Zwei Drittel des Beibootes waren glühender Schrott. Ich zog eine lange Bahn aus weißen, flockenartigen Resten hinter mir her, aus brennenden Gasen und weißem Rauch. Ich sprengte die Panzertür neben dem Pilotenplatz auf. Als ich den zweiten Signalgeber aktivierte und hinausschleuderte, sah ich, daß in der Lehne des Sitzes ein großes Loch klaffte, dessen Ränder verbrannt und ausgeglüht waren.

Gelbes Licht blendete mich. Die Öffnung eines Laderaumes schien sich auf mich zu stürzen, während ich aus dem Wrack kletterte, mich abstieß und drehte, überschlug und umherwirbelte. Ein Traktorstrahl zuckte über mich hinweg und schleuderte die brennenden Reste zur Seite. Fünf Gestalten, an dünnen Leinen gesichert, schwebten auf mich zu, packten mich und zogen mich in den Bereich der künstlichen Anziehungskraft des Laderaumes. Ein Raumfahrer legte, während die Schleusentore sich rumpelnd schlossen, seinen Helm an meine Visierscheibe.

»Sie sind es tatsächlich, Sir! Alles fast vorbei – wir haben sie mit dreihundert Schiffen eingekesselt. Kommen Sie, Chef! In die Zentrale!«

Wir hasteten zur nächsten Schleuse und warteten ungeduldig. Ich klappte, als der Luftausgleich erfolgt war, den Helm zurück, atmete durch und rief:

»Dreihundert Schiffe! Tekener geht auf Sicherheit. Hoffentlich haben wir alle zwölf Buccaneers. In welchem Schiff unserer tüchtigen Armada bin ich eigentlich?«

Mein Nachbar rasselte eine Nummer und eine Kodezahl herunter. Wir tappten durch den Ringkorridor und schoben uns in die Kommandozentrale. Einige Männer salutierten flüchtig, als sie mich erkannten. Ich lehnte mich an einen Kartentank und betrachtete die Schirme der Panoramagalerie, studierte die holographischen Anzeigen der Ortung und sah, daß sich um die Fragmentraumer und die Buccaneerschiffe eine fast lückenlose Kugelschale aus USO-Schiffen geschlossen hatte. Die Geschwindigkeit aller Schiffe lag bei weniger als einem Zehntel Lichtgeschwindigkeit. Die wütenden Gefechte hatten noch nicht aufgehört, aber die Umklammerung schloß sich noch enger. Meine Retter drifteten aus dem Mittelpunkt des Geschehens hinaus, während ich mir aus dem Raumanzug helfen ließ. Der Schild krachte zu Boden und prallte gegen eine Abdeckung. Ich hob ihn auf und sah, daß er genau im Zentrum getroffen und bis zu Papierstärke durchgeschmolzen worden war. Ich gab ihn der Ordonnanz.

»Jetzt werden die Psychostrahler auf volle Leistung gefahren, Sir«, erläuterte der Nachrichtenspezialist. »Es dauert nicht mehr lange, und sie empfangen uns mit breitem Lächeln.«

»Geht in Ordnung«, sagte ich und setzte mich neben den Kommandanten. »Wenn die Schiffsführer die größte Aufregung hinter sich haben, geben Sie bitte folgenden Befehl durch: Jeweils ein starkes Prisenkommando an Bord, Start zu zwei verschiedenen Werftplaneten unserer Organisation. Alle Buccaneers sind ab sofort verhaftet, unter Arrest und in Kürze auf Beseler, unserem Strafplaneten. Dort gibt's die Gerichtsverfahren. Sagen Sie: Ist die OZYMANDIAS auch Teil der Raumflotte?«

»Jawohl. Tekener dachte, es wäre gut, wenn Sie auf eines Ihrer Lieblingsschiffe kämen. Schiff 193 unseres großen Teams.«

»In diesem Fall werde ich zur OZYMANDIAS wechseln. Die drei stärkstbewaffneten Schiffe fliegen mit mir nach Cataphyl, jetzt gleich, wenn dort drüben Ruhe herrscht.«

»Befehl verstanden, Sir. Einen Augenblick.«

Wir sahen zu, wie im Verlauf von rund zehn Minuten das letzte Geschütz zu feuern aufhörte. Die Beiboote wurden mit Traktorstrahlen in die Buccaneerschiffe zurückbugsiert. Unsere Schiffe fingen einige Wracks ein, die antriebslos in der Nähe der Posbiraumer trieben. Die Fragmentraumschiffe nahmen Fahrt auf, als sich die Kugelschale an einer Stelle langsam öffnete. Ich nahm einen Becher heißen Kaffee vom Tablett und wandte mich an den Kapitän.

»Ich bin nicht so sehr von der professionellen Durchführung des Einsatzes begeistert«, lobte ich halblaut, »sondern viel mehr von der Zuverlässigkeit. Jeder war tatsächlich in der richtigen Sekunde an der richtigen Stelle.«

»Ronald hat uns aufgetragen, Ihnen zu sagen, daß es tüchtige Arbeit war. Sie haben tagelang gerechnet und mit den Posbis verhandelt.«

»Ich bin beruhigt.« Ich grinste und hieb die Faust aufs Pult. »Später werde ich euch allen ausdrücklich Lob in verschärfter Form aussprechen!«

»Danke, Sir.«

Wir hörten den Funkverkehr mit den Fragmentraumern mit; die Posbis begannen bereits die Schäden auszubessern und entfernten sich. Von einigen unserer Einheiten wechselten bewaffnete Kommandos in die Buccaneerschiffe über. Ein einzelnes Schiff kam auf uns zu und identifizierte sich. Ich verabschiedete mich und wechselte mit meiner Ausrüstung zur OZYMANDIAS über. Meine Kabine war bereit; Rave Sounder, Vence Stalmaster und Asics Newlife erwarteten mich mit Bier aus der Schiffsmesse. Wir hoben die Plastikgefäße und blickten einander zufrieden in die Augen.

»Ich beabsichtige, mich ein paar Stunden auszuruhen«, sagte ich. »Vor dem Start nach Cataphyl erzähle ich Ihnen allen, wie es auf den Piratenwelten zugeht. Wir werden dort einige barsche Worte sprechen, deren Bedeutung nachhaltig sein dürfte.«

»Prinzipiis obstat«, murmelte Stalmaster. »Sagte irgendein alter Römer. Wir haben ›den Anfängen gewehrt‹; diese Piraten sind für die Galaxis wohl kein Thema mehr.«

»Zu diesem Thema später mehr, Freunde. Auf Cataphyl winkt mir auch ein überaus persönlicher Besuch. Wir haben drei sehr reichen Welten zwölf teure, hervorragend ausgerüstete Schiffe weggenommen. Es gibt aber tausende Männer, die danach gieren, zu Piraten gemacht zu werden, und Raumschiffe bekommt man an vielen Orten. Bis gleich.«

Ich lehnte mich gegen das geschlossene Schott, betrachtete die Einrichtung der Mehrfachkabine und zog nachdenklich meine Jacke aus. Noch waren nicht alle Doppelsäume und Geheimtaschen geöffnet, aber dieses Kleidungsstück taugte gerade noch für einen Maskenball in Quinto-Center. Fünf Stunden später, als das letzte Schiff, die SILVER, im Hyperraum verschwand, gingen unsere vier Einheiten auf Kurs, und ich betrat die Zentrale. Auf den Ortungsschirmen verschwand ein Echo nach dem anderen. Der Astrogator machte Meldung:

»Kurs nach Cataphyl liegt an, Sir. Eintauchzeit in etwa vierzig Minuten.«

Ich setzte mich, legte die weichen Bordstiefel auf die Ecke eines Pultes und sagte:

»Rundspruch an alle. Also, meine Damen und Herren Spezialisten: Auf den drei Planeten herrschen Zustände, die jeden Abenteurer begeistern werden. In der Maske eines heruntergekommenen Arkoniden mit hohem Überlebensfaktor und einem minutiös gefälschten USO-Lebenslauf überlebt man aber recht gut. Nach der Landung sprach es sich herum, daß mir die USO sogar einen Mörder nachgehetzt hat...«

Ich beendete meine Erzählung – von Cyriell Ghirmo-Zoltral sagte ich nichts – mit der Eideszeremonie. Gerade rechtzeitig, bevor wir im Hyperraum verschwanden.

Sieben Tage danach heulten die vier Schiffe über die Berglandschaft hinweg, an deren Rand die Burg Duncan aus bläulichen Morgennebeln hervorragte. Patriarch Soodhi Thirmospoder bewies nach dem kurzen Funkgespräch beträchtliche Würde; er und seine unbewaffnete Garde erwarteten die Abordnung der United Stars Organisation am Fuß der Freitreppe.

»Fürst Atlan von Gonozal.« Seine Stimme war heiserer als beim letztenmal, an seinen Fingern glitzerte kein einziger Ring. Er versuchte, in meine Augen zu blicken. »Was wirst du tun? Wie groß ist deine Wut? Wie können wir deinen Haß und den deiner vielen Männer abwenden?«

»Dir, alter Mann, werden wir nichts tun. Dein Einfluß auf die Fürsten wird garantieren, daß Handelsschiffe alle drei Planeten anfliegen und daß von hier aus weder Männer noch Schiffe starten, die anderes als friedliche Absichten und Handelsware ins All bringen. Wir werden dies kontrollieren: vorläufig bis an dein Lebensende.«

Hinter mir landete eine silberfunkelnde Space-Jet der OZYMANDIAS. Der Pilot kletterte heraus und salutierte. Ich deutete auf Thirmospoder, der mein Kommando anstarrte.

»Unterhaltet euch mit dem Gastgeber. Ich bin sicher, er sagt euch, wo wir die sechzig Millionen Solar finden, auf welchen Konten, die auf der Versteigerung zusammengekommen sind. Auf Lepso, im Goldlake-Resort. Das Wiederfinden der Summe wird die USO milder stimmen als die Versicherungen.«

Thirmospoder senkte den Kopf, schüttelte sich, seufzte und sah mir dann in die Augen. Mein Blick schien ihm nicht zu gefallen. Offensichtlich kannte er das Versteck der sechzig Millionen oder das, was noch davon übrig war. Ich befahl:

»Du wirst den vier Schiffen und ihren Mannschaften gute Landeplätze und die Gastfreundschaft der Fürsten anweisen. Wir gedenken sie einige Tage lang zu genießen. Damit niemand allzu kühne Gedanken hegt: Wir haben die Piraten mit dreihundert Schiffen leichterhand besiegt, und die am schwersten bewaffneten Raumer schwirren im Orbit über euren Planeten. Soviel für die erste Stunde. Ich habe Wichtiges vor.«

Ich ließ ihn stehen, kletterte die Leiter hoch, zog sie ein und schloß die Schleuse. Zwischen den Zwillingsgipfeln raste ich nach Südwesten.

Der Kies knirschte unter den Auflagetellern der Landestützen, summend fuhr die Leiter aus. Die Glassitplatte fuhr zurück; Cyriell blieb oberhalb der Stufen vor ihrem Arbeitsraum stehen und schirmte die Augen ab. Sie hielt eine kleine Waffe in der Hand und trug einen farbbeschmierten Kittel. Zögernd machte sie ein paar Schritte, als ich mich am Fuß der Gangway herumdrehte. Ich breitete die Arme aus und eilte die Steinstufen hinauf.

»Nicht schießen«, bat ich lachend. »Ich hab' versprochen, nach dem Posbi-Einsatz zurückzukommen. Hier bin ich.«

»Ich habe es mir gewünscht, ich hab's geahnt... du hast die Buccaneers verlassen. Was ich aber sonst denke – das kann einfach nicht wahr sein!« Cyriell lehnte sich schwer an mich und legte die Arme um meine Schultern. »Woher hast du die Jet?«

»Aus einem meiner Schiffe«, antwortete ich grinsend und ließ mich ins Arbeitszimmer ziehen. Zwischen Relieffragmenten, Zeichnungen, Bildtafeln und Arbeitsgerät stand ein großer Leseschirm. Ich kannte den Titel des gespeicherten Buches: das geschichtliche Werk eines Imperiumverlags. Das Bild zeigte Stereobilder Rhodans, Mory Abros – und drei gute Aufnahmen von mir. »Hast du meine verräterischen Bilder etwa im Grabmal auf Reniar gefunden?«

Sie schüttelte den Kopf. Wir schauten einander in die Augen. Cyriell flüsterte, während ihre Hände sich auf meine Wangen legten:

»Du bist dieser uralte Arkonide, nicht wahr? Perry Rhodans bester Freund. Und der Chef der USO... dann hast du die Buccaneers unterwandert und...«

»Mit dreihundert Schiffen war es ziemlich einfach. Es gibt

keine Piraten mehr; wenigstens keine von den drei Tor-Planeten. Ja, du hast völlig recht: Ich bin dieser uralte Arkonide.« Ich grinste. »Aber sonst hat sich nichts wirklich geändert. Wäre ich sonst hier?«

Sie senkte den Blick und holte tief Luft. Heute trug sie das Haar straff am Kopf, am Hinterkopf mit einer Arkonstahlspange zusammengefaßt. Ich setzte mich vor ein Mikroskoppult und streckte die Beine aus.

»Hat sich wirklich nichts geändert, Atlan?«

»Nicht bei mir.« Ich wartete auf den Begrüßungsschluck. »Ich habe Thirmospoders Wichtigkeit ein wenig verringert und bin sofort zu dir gekommen. Ich kann mir nicht vorstellen, daß du Mißfallen daran findest, daß ich mich nicht mehr als heruntergekommener Arkonide verkleiden muß.« Ich zupfte an den Säumen der uniformähnlichen Bordkleidung.

»Alles Äußerlichkeiten, Liebste. Ich habe schon immer dafür sorgen können, daß genügend Zeit und viel Platz für mein privates Leben bleiben.«

Sie brachte zwei Gläser und setzte sich auf mein Knie.

»Was werden wir tun? Und wie lange, Unsterblicher?«

»Wir können tun, was wir – manchmal mit Einschränkungen – schätzen und lieben: Spazierengehen in den Gärten deines Tales; Segeln und Schwimmen auf Graymonde, einem Planeten, den ich neu gestaltet habe; Früchte und Beeren auf Bigwood sammeln, dem Kontinent, der von einer empfindenden und denkenden Pflanzensymbiose bewohnt wird; wir können unerkannt auf Lepso dem Laster und den schlimmsten Gerüchten über den Zustand der Galaxis nachspüren. Oder schweigend vor deinem Kamin sitzen.«

»Oder auf Sauroys über Cataphyl reiten. Ob ich als ständige Begleiterin des großen Arkoniden ein ausgefülltes Leben führen werde, das mir gefällt, bezweifle ich.«

»Einer der Vorteile meines Status ist, daß ich Anordnungen treffen kann. Wenn du hier allein sein willst, genügt ein Befehl. Und wenn du mich dann einlädst, genügt eines meiner vielen Raumschiffe. Ich fliege es selbst, Cyriell.«

Sie sprang auf und ging unruhig hin und her. Ich erkannte unschwer, daß sie darüber nachgedacht hatte, seit sie glaubte, meine Maskierung durchschaut zu haben.

»Wann fangen wir mit dem Versuch des galaxisweiten Zusammenlebens an, Lordadmiral Atlan von Gonozal?«

»In drei Tagen fliegen wir zurück nach Quinto Center.«

»Und bis dahin?«

Ich lächelte verträumt und leerte das Glas.

»Wie bisher: Kamin, Swimming-Pool, lange Nachtgespräche und die zarten Überraschungen unserer jungen Verliebtheit. Klingt kitschig, ich weiß; die Schwierigkeiten kommen, ohne daß wir uns bemühen müssen.«

Sie strich über ihren Kittel, öffnete die Spange und schüttelte ihr Haar.

»Fangen wir gleich damit an. Ich bin überall voller Farbe und Zeichenkohle. Du hast drei Tage Zeit?«

Ich nahm ihre Hand; das Haus mit dem schweren Dachgebälk, in dem ich gewohnt hatte, schien für meinen Besuch gewissenhaft und mit viel Fantasie vorbereitet worden zu sein.

»Und drei Nächte.« Ich schnallte das Armbandkombigerät ab und legte es auf ein Tischchen. »Meine Leute, begeistert gefeierte Gäste Thirmopoders, sind selbständig. Die wissen, wo ich bin und werden nicht stören, und wenn – dann nur im Fall ausbrechender Sternenkriege.«

Sie lief lachend hinaus, ließ die Tür weit offen, und wenige Minuten später sprangen wir in der Hitze des Mittags ins kühle, prickelnde Wasser.

Auch das hatte ich geahnt: Der Reichtum an Fantasie und Ernsthaftigkeit von Cyriell Ghirmo-Zoltrals Persönlichkeit zeigte sich in kleinen Schritten. Es würde lange dauern, bis wir uns gut genug kannten. Mit wenig Aufwand und etwas Hilfe der OZYMANDIAS-Crew waren meine Privaträume umgestaltet und wirklich bewohnbar gemacht worden. In einer fröhlichen Kombination eigener Kleidung und Borduniform saß sie vor dem riesigen Holo-Monitor und betrachtete die Zeitraffer-Wiedergabe verschiedener Paradies-Planeten.

»Und dorthin, Herr Lordadmiral... nimmst du deine Gefährtin mit?«

»Selbstverständlich«, sagte ich. »Mit der Erforschung all dessen werden wir viele Jahre zu tun haben. Ich erzähl' dir dann wie ich diese Planeten kennengelernt habe.«

»Ich bin sicher, daß du mir noch viele andere Geschichten erzählen könntest, Atlan.«

»Stoff genug für mehr als tausendundeinen Tag«, versicherte ich. »Auch ohne diese Berichte aus der Vergangenheit – du kannst sicher sein, daß die Zukunft ausgesprochen interessant wird.«

Sie nickte schweigend. Es schien, als wäre Cyriell der gleichen Meinung. Der Monitor, der uns mit der Kommandozentrale verband, zeigte die Entfernungsangaben des verkapselten Autopiloten an. Die OZYMANDIAS würde in zwölf Stunden an Quinto-Center andocken. Ich war fest entschlossen, das alltägliche Leben als USO-Chef anders zu gestalten. Nicht einmal der Logiksektor fand es angebracht, diese Gedanken zu kommentieren oder zu korrigieren.